나는
언제나
옳다

THE
GROWNUP

나는
언제나
옳다

길리언 플린 단편소설
김희숙 옮김

푸른숲

내가 손으로 해주는 그 일을 그만둔 건 실력이
달려서가 아니다. 오히려 너무 잘해서 그만둔 거지.

지난 3년, 나는 인근 세 개 주(州)에서 손놀림이 제일
좋은 사람이었다. 비결은 간단하다. 너무 많이 생각하지
않으면 된다. 테크닉을 염려하거나 리듬과 압력을
분석하기 시작하면, 일의 본질적인 핵심을 놓치게 된다.
마음의 준비는 시작하기 전에 미리 해두는 게 좋다. 일을
할 땐 생각을 멈추고 몸만 믿고 따라가야 하는 것이다.

이런 원칙은 골프 스윙과 비슷한 셈이다.

나는 일주일에 엿새, 점심시간을 포함해서 하루 여덟 시간 손님을 받았다. 항상 예약이 꽉 찼다. 해마다 2주 정도 휴가를 떠났고 공휴일에는 절대 일하지 않았다. 공휴일에 일을 하면, 그 짓을 하는 손님이나 그 짓을 거드는 나나 서글퍼지기 때문이다. 그렇게 지난 3년 동안 내가 거들었던 남자들의 자위행위는 거의 2만 3,546건에 달한다. 그러니 저 망할 년 샤넬이 내가 실력이 달려서 일을 그만두었다고 떠들어대는 소리는 귀담아들을 필요도 없다.

일을 그만둔 건 손목 터널 증후군이 왔기 때문이다. 3년 동안 손일을 2만 3,546번 했다고 생각해보라. 손목이 안 아픈 게 이상하지.

일에 관한 한 나는 항상 '정직하게' 임했다. 아니지, '자연스럽게' 임했다고 하는 편이 더 맞겠다. 제대로 정직하게 살아본 적은 한 번도 없으니. 나는 도시에서 애꾸눈 엄마(내 자서전의 첫 줄!)의 손에서 자랐다. 그리 좋은 여자는 아니었다. 마약이나 알코올 중독까지는 아니었지만, 일하는 걸 지독하게 싫어했으니까. 엄마는 내가 아는 한 세상에서 가장 게으른 여편네였다. 일주일에 두 번, 우리는 시내를 싸돌아다니며 구걸을 했다. 엄마는 길거리에 가만히 서서 구걸하는 걸 싫어했기 때문에 매사에 작전을 짜야 했다. 최대한 짧은 시간에 많은 돈을 벌어서 집으로 가는 것이다. 집에 가서는 망가진 매트리스의 얼룩진 자리에 죽치고 앉아 얼룩말 케이크를 먹으며 텔레비전 리얼리티 법정 쇼를 보는 게 일이었다. (어린 시절을 생각하면 제일 먼저 떠오르는 게 얼룩이다. 엄마의 눈동자가 무슨 색이었는지는 기억이 안 나지만 보풀이 잔뜩 인 우리집 카펫 얼룩이 무슨 색이었는지는 분명하게 말할 수 있다. 걸쭉한 수프처럼 진한 갈색의 카펫 얼룩. 천정의 얼룩은 불에 그을린 오렌지빛이었고 벽에 있는 건 힘차게 갈긴 누런 오줌색이었다.)

엄마랑 나는 구걸하는 역할에 맞게 옷을 입었다. 예쁘지만 색이 다 바래버린 면 드레스는 엄마 차지였다. 솔기가 터져 드러나긴 했어도 품위 있는 디자인의 드레스. 나에게는 작아져서 끼는 옷을 아무거나 입었다. 우리는 벤치에 앉아서 구걸하기에 적합한 사람을 물색했다. 작전은 지극히 단순했다. 첫째, 외곽 지역에서 온 교회 버스를 찾는다. 시내 교회의 신자는 누가 구걸이라도 할라치면 곧바로 버스에 태워서 교회로 데려가버린다. 도움을 주려는 사람은 대부분 외곽 지역 교회에서 온 신자들이었다. 구걸하는 이가 불쌍한 표정의 아이를 데리고 다니는 애꾸눈 여성이라면 더더욱. 둘째, 둘이서 붙어 다니는 여성도 적격이다. (혼자 다니는 여성은 너무 빨리 걸어서 지나쳐버리기 일쑤다. 여럿이 무리를 지어 다니는 여성은 끼어들어 말 붙이기조차 어렵고.) 셋째, 관대해 보이는 독신 여성. 당신도 알겠지. 길을 모르거나 지금 몇 시인지 궁금할 때 다가가서 물어도 되는 여자 말이다. 우리도 그런 여자에게 돈을 구걸한다. 아, 수염을 기르거나 기타를 들고 다니는 젊은이도 괜찮다. 하지만 정장 차림의 남자는 영 아니다. 정장에 대한 사람들의 편견은 전적으로 옳다. 그놈들은 다 개자식들이다. 엄지손가락에 반지를 끼고 다니는 남자도 건너뛰시길. 무슨 뜻으로 그걸 끼고 다니는지는 모르겠지만, 아무튼 엄지손가락 반지들도 절대 도움을 주지 않는다.

우리가 고른 사람들? 우리는 그 사람들을 '봉'이나 먹잇감, 희생양이라고 부르지 않았다. 우리는 그들을 '토니'라고 불렀다. 왜냐하면 우리 아빠 이름이 토니였는데, 상대가 누구든 절대 '노'라고 거절하지 못하는 사람이었기 때문이다(아니지, 한 번은 '노'를 했겠네. 엄마가 같이 있어달라고 부탁했을 때).

일단 토니를 불러 세우고 나면 어떻게 구걸해야 할지 2초 안에 답이 나온다. 어떤 이는 우리가 후딱 해치워주길 바란다. 노상강도가 하듯이 말이다. 그럴 땐 불쑥 말이 튀어나온다. "배고파 죽겠어요. 한 푼만 도와주세요!" 남의 불행을 즐기고 싶어 하는 이도 있다. 그런 사람들은 비위를 좀 맞춰줘야 돈이 나온다. 이야기가 슬플수록 그들은 우리를 돕는 게 더 뿌듯할 테고, 그러면 돈도 더 많이 받을 수 있다. 그 사람들을 비난하려는 뜻은 아니다. 극장에 가는 것도 결국 대접받고 싶어서 가는 거 아닌가.

엄마는 남부 지역 농장에서 자랐다. 외할머니는 엄마를 낳으면서 돌아가셨고 외할아버지는 노쇠해지기 전까진

콩 농사를 지으면서 엄마를 키웠다. 엄마는 대학을 다니러 이 도시로 왔다. 할아버지가 암에 걸리고 농장이 팔리면서 형편이 쪼들려 결국 자퇴를 해야 했지만. 처음 3년 동안 엄마는 웨이트리스로 일했다. 그러다 어린 딸이 생기고, 딸아이 아빠는 떠나고, 어느새 엄마는…… 그런 여자들 중 하나가 되었다. 빈곤층. 자랑할 일은 못 되었다…….

무슨 말인지 알겠지. 여기까지를 토대로 이야기를 지어내면 된다. 상대가 도전적인 자수성가풍의 이야기를 좋아하는 사람인지 아닌지는 척 보면 바로 나온다. 그럴 때면 나는 갑자기 멀리 떨어진 차터 스쿨의 우등생이 되었고(실제로도 나는 우등생이었지만 여기서 중요한 건 그게 아니니까) 엄마는 나를 학교까지 데려다줄 기름값이 없어 쩔쩔매는 사람이 되었다(실제로는 나 혼자 버스를 세 번 갈아타고 다녔다). 상대가 체제 비판적인 이야기를 원할 수도 있다. 그럴 때면 나는 갑자기 잘 모르는 병에 걸린 아이가 되었다(엄마는 데이트하던 개자식들 이름을 따서 아무렇게나 병명을 지어냈다. 토드-티천 신드롬, 그레고리-피셔 질환). 그리고 엄마는 내 치료비를 대느라 파산한 사람이 되었다.

엄마는 두뇌 회전이 빨랐지만 정말 게을렀다. 그에 비하면 나는 훨씬 의욕이 넘치는 사람이었다. 원기 왕성했고 자존심을 앞세우지도 않았다. 열세 살이 되자 나는 엄마보다 하루에 수백 달러를 더 벌어들였다. 열여섯 살 되던 해에는 엄마와 얼룩과 텔레비전에서 벗어나(물론 고등학교에서도) 스스로 내 길을 개척했다. 매일 아침 밖으로 나가 여섯 시간 동안 구걸을 했다. 누가 접근할 만한 사람인지, 얼마나 길게 말해야 하는지, 정확하게 무슨 말을 해줘야 하는지 나는 알고 있었다. 절대 부끄럽지 않았다. 내가 하는 일은 순수한 거래였다. 누군가를 기분 좋게 해주고 돈을 받는 것이다.

그러니 내가 왜 지금 하는 손일을 자연스러운 직업의 변천사라고 느끼는지 당신도 이제 감이 오겠지.

우리 가게 '성스러운 손(내가 지은 이름이 아니다, 그러니 나한테 뭐라하지 마시길)'은 시내 서쪽, 토니들의 동네에 있었다. 타로 카드와 크리스털 구를 내세우면서 뒤에서는 불법 유사 성매매를 했다. 나는 데스크 안내원을 구한다는 광고를 보고 그곳을 찾아갔다.

가보니 '안내원'은 '창녀'를 뜻하는 말이었다. 나의 보스 비베카는 전직 안내원, 현직은 손금을 진짜로 맞춘다는 손금쟁이다. (손금은 진짜로 본다면서 이름은 가짜로 속이고 다닌다. 그녀의 진짜 이름은 제니퍼다. 하지만 생각해보라, 제니퍼가 앞날의 운세를 점쳐준다면 누가 그 말을 믿겠는가. 제니퍼란 이름은 어떤 신발이 귀여운지, 어느 농산물 가게가 괜찮은지 말해줄 수 있는 사람에게나 어울리지 다른 사람의 미래를 점치는 손금쟁이 이름으로는 완전 꽝이다.)

비베카는 몇 명의 점쟁이를 고용해서 앞에 내세우고 뒤로는 깔끔하고 작은 방을 몰래 따로 운영한다. 숨겨진 뒷방은 꼭 병원 진료실처럼 생겼다. 종이 타월과 소독약, 진찰대가 있다. 소녀들은 램프 위에 스카프를 늘어뜨리고 말린 꽃을 담은 단지와 반짝이 장식이 달린 베게로 방을 꾸미곤 했다. 그러나 이건 전부 어린 소녀들이나 좋아하는 소품이었다. 무슨 말이냐면, 내가 만약 여자에게 돈을 주고 손으로 내 거시기를 세워달라고 찾아오는 남자라면 그런 방에는 안 들어가고 싶을 거라는 뜻이다.

"오, 세상에. 막 구워낸 파이 냄새가 나잖아…… 얼른 내

거시기를 꽉 잡아!" 이런 말을 할 기분이 나겠는가.
나라면 다른 방으로 들어가면서 가급적 말을 아끼겠다.
하긴, 대부분 남자들이 그러긴 한다.

　손일을 받으러 오는 남자들은 독특한 구석이 있다. (우리
가게에서는 손일만 한다. 적어도 나는 그랬다. 나는 열여덟, 열아홉,
스무 살 때 저지른 바보짓과 몇 가지 소소한 도둑질로 이미 전과
딱지가 붙었다. 그래서 죽었다 깨어나도 제대로 된 직장을 갖지 못하게
되었는데, 여기에 뭐하러 불법 성매매로 감방 가는 일까지
덧붙이겠는가.) 손일을 받으러 오는 남자들은 구강 섹스를
원하는 남자나 진짜 섹스를 원하는 남자와는 매우 다른
피조물이다. 보통의 남자들에게 손일이란 섹스 행위를
시작하는 관문일 뿐이다.
　그렇지만 나는 계속해서 찾아오는 고객들을 많이 봤다.
그런 남자들은 손일 이상을 요구하지 않는다. 손일은
부정한 짓이 아니라고 보는 것이다. 아니면 질병을
걱정해서 그럴 수도 있고, 그 이상을 요구할 용기가
없어서 그럴 수도 있다. 대체로 예민하고 불안한 기혼자들,

별 볼 일 없는 중간 직급의 남자들. 딱히 비판하려는 건 아니다. 그냥 내 생각을 말하는 것뿐. 그들은 상대 여자가 매력적이지만 헤퍼 보이진 않길 바란다. 예를 들어 평소에 나는 안경을 끼지만 뒷방에서 일을 할 때 집중에 방해가 되기 때문에 끼지 않는다. 안경을 끼고 있으면 남자들은 상대 여자가《섹시한 사서(Sexy Librarian)》에 나올 법한 동작을 보여주리라 믿고, 지지 탑 노래의 첫 음을 기다리다가 긴장해버린다. 기다려도 노래가 들리지 않으면 당신이《섹시한 사서》같은 행위를 해주려던 참이었다는 생각에 당황하는데, 이러면 주의가 산만해져서 거시기가 서는 데 시간이 더 오래 걸리고 마는 것이다.

남자들은 당신이 다정하고 명랑하지만 유약하진 않길 바란다. 자기들이 무슨 약탈자처럼 느껴지는 게 싫은 것이다. 그들은 이 일이 거래로 끝나길 바란다. 서비스에 중점을 두길 바란다. 그러니 날씨나 남자들이 좋아하는 스포츠 팀 이야기로 다소 정중하게 대화를 나누는 편이 좋다. 대체로 나는 손님이 다시 올 때마다 반복할 수 있는, 우리끼리만 아는 농담을 하려고 신경 쓰는 편이다. 이런 농담은 실제 친구 사이라면 감수해야 할 책임을 피하면서도 우정인 척할 수 있는 일종의 기호 같은 것이다. 이렇게 말이다. "딱 맞게 익은 제철 딸기를 다 보네요!" 혹은 "우리 더 큰 보트를 타야겠어요." (이 말들은 실제로 우리끼리 하는 농담이다.) 그러면 어색했던 분위기가 누그러지고, 남자들은 친구랑 있는 거니까 스스로를 징그러운 벌레로 느끼지 않게 된다. 일단 이렇게 분위기가 잡히면 그다음부터는 술술 풀린다.

사람들이 흔히 주고받는 질문을 나도 받을 때가 있다. "무슨 일 하세요?" 그럼 이렇게 대답해준다. "고객 서비스업에 종사해요." 사실이니까. 나로 말하자면, 많은 사람을 웃게 해줄 수 있다면 좋은 일이라고 생각한다. 너무 솔직한가? 하지만 사실이다. 사서가 되어도 좋겠지만 도서관은 안정적인 직장이 아니라는 게 마음에 걸린다. 책이라는 건 일시적일 수 있으니까. 하지만 거시기는 영원하다.

문제는, 손목이 아프기 시작했다는 거다. 겨우
서른인데 여든 노인의 손목이 되어 손목 보호대를 차야
했다. 손일을 할 때마다 보호대 찍찍이를 떼어내는
요란한 소리에 남자들은 살짝 예민해졌다. 그러던 어느
날 비베카가 뒷방에 와서 나를 찾았다. 비베카는 체구가
컸다. 거기다 꼭 문어처럼, 비즈와 러플이 너풀너풀 잔뜩
달린 옷에 스카프까지 치렁치렁 휘두르고는 진한 향수
냄새를 풍기며 나타났다. 그이는 프루트펀치 색깔로
머리카락을 염색했는데 그게 원래 자기 머리색이라고
우긴다. (비베카: 넉넉지 않은 가정의 막내 아이. 귀여움을
독차지하면서 자란 사람. 텔레비전 광고를 보다가도 운다.
채식주의자가 되려고 여러 번 시도했지만 실패. 그냥 내 추측이다.)
　"예지력 좀 있어, 범생이?" 비베카가 물었다. 내가
안경을 끼고 책을 읽고 점심시간에 요구르트를 먹는다고
그이는 나를 '범생이'라 불렀다. 진짜 범생이는 아니다.
그냥 그런 사람이 되고 싶을 뿐. 학교를 중퇴해서 '자력'
으로 배움을 구하는 중이다. ('자력'은 '자위'랑 다른 말이다.
야한 말이 아니다. 사전을 찾아보시길). 나는 끊임없이 읽고 또

읽는다. 그리고 생각한다. 하지만 정규 교육을 마치지는 못했다. 그래서 늘 자격지심이 있다. 주변 사람들과 있을 때면 내가 제일 똑똑하다 싶지만, 정말 똑똑한 사람들이 나를 보면 끔찍하게 따분하다고 생각하지 않을까. 대학을 나오고 와인을 마시고 라틴어를 하는 정말 똑똑한 사람들 말이다. 인생은 고독한 길이다. 그래서 나는 영예의 훈장처럼 '범생이'라는 별명을 달고 다닌다. 언젠가 정말 똑똑한 사람들이 나를 보고 조금도 따분하지 않을 날이 올지도 모르니까. 그런데 문제는 이거다. 내 주제에 똑똑한 사람들을 어떻게 만날 것인가?

"예지력? 전혀요."

"점치는 건? 환영 같은 거 본 적 없어?"

"없어요." 엄마가 종종 말했듯이, 나는 점쟁이들 헛소리는 다 개나 물어 갈 소리라고 생각했다. 엄마는 촌구석 출신이었지만 그건 옳았다.

비베카는 옷에 붙은 비즈를 만지작대다가 멈췄다.

"이 둔탱이 책벌레야, 지금 네가 여기 머물 수 있게 내가 도와주려는 거잖아."

아, 무슨 말인지 알았다. 평소에는 이렇게까지 감이 느리지 않는데, 손목이 아프다보니 내가 정신이 없었다. 손목 통증에 자꾸 신경이 쓰이니, 머리속에는 어떻게 하면 손목이 나을까 하는 생각뿐이다. 변명을 하자면, 비베카는 원래 말할 때 질문만 하는 사람이다. 상대방이 뭐라고 대답하든 전혀 신경 쓰지 않는 타입.

"사람들을 보면, 어떤 사람인지 바로 감이 와요." 나는 비베카처럼 느긋하게 지혜로운 목소리를 냈다. "원래 성격이 어떤지, 뭘 원하는지. 그런 게 내 눈에는 그 사람을 둘러싼 후광이나 색채 같은 것으로 보여요." 전부 다 사실이다, 실제로 보인다고 말한 뒷부분만 빼고.

"기운을 본단 말이지." 비베카가 미소 지었다. "그럴 줄 알았어."

그렇게 해서 나는 앞쪽으로 이동하게 되었다. 기운을 본다, 그 말은 곧 연습할 필요가 없다는 뜻이었다. "사람들이 듣고 싶어 하는 말을 해주면 돼." 비베카가 말했다. "입안의 혀처럼 사근사근 굴어봐." 사람들이 와서 "무슨 일을 하세요?" 하고 물으면 나는 이렇게 대답했다.

"예언을 해요." 혹은 "심리 치료사예요." 사실이니까.

점을 치러 오는 고객은 대부분 여성이었고 손일을 하러 오는 고객은 전부 다 남성이어서 우리는 공간을 시계처럼 정확하게 운영했다. 가게는 넓지 않았다. 남자 손님을 맞으면 뒷방으로 모셨다. 그리고 여자 손님이 예약 장소로 안내받기 전에 뒷방 일을 치르도록 신중을 기했다. 여자 손님이 파탄 직전의 결혼 생활을 하소연하는데 뒷방에서 오르가슴을 느낀 남자가 낑낑대면 곤란하지 않겠는가. 새로 산 강아지라고 핑계대는 것도 한두 번이지.

전반적으로 위험 부담이 컸는데, 비베카의 고객은 대부분 상위 중산층이거나 하위 상류층이었기 때문이다. 이런 계급의 사람들은 쉽게 빈정이 상한다. 슬픔에 찬 부유층 주부가 제니퍼 어쩌고한테서도 자신의 운세를 듣고 싶어 하지 않는 마당에, 손목을 다친 성실한 전직 성 노동자에게 운세를 듣는다는 건 더더욱 안 될 말이지. 외모가 모든 것을 말한다. 이들은 화려하게 살고 싶어 하는 사람들이다. 이들은 도심에서 살려고 갖은 애를

쓰면서 교외 생활의 여유도 누리고 싶어 하는
사람들이다. 우리는 가게 안내 데스크를 포터리반
광고처럼 꾸몄다. 나도 거기에 맞춰 그럴싸하게 입었다.
기본적으로 펑크 아티스트처럼 보이는 앤스로폴로지
옷을 애용했다. 소매통이 넓고 헐렁한 페전트블라우스가
핵심이다.

　여럿이 함께 오는 여성들은 경박했다. 잔뜩 멋을
부리고 술에 취해 있었으며 뭐든 즐길 준비가 되어
있었다. 혼자 오는 여성은 적어도 믿고 싶어 하는
마음이라도 있었다. 그런 이들은 상태가 절망적이었지만,
심리 상담까지 보장되는 의료 보험을 들어두지 못해서
병원에는 찾아갈 수 없었다. 또는 심리 상담이 필요할
정도로 자신이 절망적인 상태라는 걸 모르거나. 딱하다는
생각은 들지 않았지만 그래도 노력했다. 나의 미래를
쥐고 있는 이 미신쟁이들이 나를 의심하면 안 되니까.
하지만 참 너무하지 않은가. 이들은 도심에 큰 저택을
가지고 있고, 이들의 남편은 아내를 때리지도 않을 뿐

아니라 아이들 키우는 것도 도와주며, 일 때문에 바쁜 와중에도 늘 북 클럽에 다니며 책을 읽는다. 그런데도 슬프다니. 그들의 말은 항상 이렇게 끝났다. "하지만 난 슬퍼요." 슬프다는 건 대개 시간이 남아돈다는 뜻이다. 진짜다. 내가 자격증 있는 상담사는 아니지만 자신 있게 말할 수 있다. 슬프다는 건 대체로 시간이 너무 많다는 뜻이다.

　그럴 때면 나는 이렇게 말해준다. "뭔가 거대한 정열이 당신 삶에 막 들어오려고 하네요." 그런 다음 여자 손님이 해볼 만한 일을 골라서 얘기해준다. 그들이 스스로를 괜찮은 사람이라고 느낄 만한 일을 골라서. 어린이 멘토나 도서관 자원봉사, 개를 몇 마리 거세해주거나 환경 보호 활동을 하라고 말이다. 하지만 조언처럼 건네서는 안 된다. 이게 핵심이다. 경고하듯 말해야 한다. "거대한 정열이 당신 삶에 막 들어오려고 하네……. 조심조심 몸을 사려. 안 그러면 그 녀석이 소중한 걸 전부 다 집어삼켜버릴 거야!"

항상 이렇게 술술 풀리는 건 아니지만 그래도 대체로 쉬운 편이다. 사람들은 정열을 원한다. 목적의식을 원한다. 그러다 바라던 걸 갖게 되면 또 찾아온다. 점쟁이가 미래를 정확하게 예언해줬기 때문이라는 건데, 뭐 어쨌거나 좋은 일이다.

수전 버크는 달랐다. 그녀는 첫눈에도 나보다 똑똑해 보였다. 어느 비 내리던 4월 아침, 손일을 끝내고 앞방으로 들어설 때였다. 나는 오랜 단골 몇 명을 여전히 챙기고 있었는데, 자기 이름이 마이크 오들리라는 귀여운 또라이 부유층 남자의 손일을 막 도와준 참이었다. ("자기 이름을 마이크 오들리라고 한다"라고 한 건, 부유층 남자들은 결코 나 같은 사람에게 진짜 이름을 말해주지 않는다고 보기 때문이다.) 마이크 오들리: 운동선수 형에게 치이면서 크다가 대학에 가서 진가가 드러났고, 머리가 매우 좋지만 으스대지 않으며, 조깅에 강박이 있는 사람. 그냥 내 짐작이다. 마이크는 책을 정말 좋아한다. 내가 마이크에 대해서 제대로 아는 건 그것뿐이다. 마이크는 똑똑한 사람이 되겠다는 포부를 품은 내가 항상 갈구해온 그런 자신만만한 태도로 책을 추천했다. 뜨거운 동지애를 가지고 말이다. 이 책은 '반드시' 읽어야 해! 곧 우리는 우리만의 (종종 끈적끈적한) 북 클럽을 결성했다. 그는 '불가사의 클래식' 시리즈에 푹 빠져 있었는데 나도 그래주길 바랐다.("당신도 어쨌든 점쟁이잖아." 그는 미소 지으며 말했다.) 그날은《힐 하우스의 유령(The Haunting of Hill House)》에 나오는 고독과 빈곤이라는 주제를 놓고 토론을 벌이던 중이었다. 마이크에게 오르가슴이 왔다. 나는 일회용 살균 행주로 손을 닦고 다음 주 책으로《흰 옷을 입은 여인(The Woman in White)》을 건네받았다. ("이 책은 반드시 읽어야 해! 정말 최고라니까!")

나는 좀 더 직관적인 사람으로 보이기 위해 머리카락을 일부러 헝클어뜨린 뒤 페전트블라우스의 주름을 폈다. 그러고는 마이크가 준 책을 겨드랑이에 낀 채 메인 룸으로 달려갔다. 시계처럼 정확하진 못했다. 예약 시간보다 37초 늦었으니까. 수전 버크가 기다리고 있었다. 수전은 긴장한

듯 내 손을 위아래로 크게 흔들며 악수를 했는데, 계속
흔드니 손목이 아파 나도 모르게 얼굴을 찌푸렸다.
그러다가 책을 떨어뜨리는 바람에 둘이 서로 책을
주우려다 머리를 부딪치고 말았다. 이런 장면을 예상하고
점쟁이를 찾아오는 사람은 없을 것이다. 〈바보 삼총사〉
에나 나올 일이지.

나는 수전에게 자리에 앉으라고 권했다. 지혜로운
목소리로 어떻게 오셨느냐고 물었다. 사람들이 원하는
대로 말해줄 수 있는 가장 쉬운 방법은, 그들에게 무엇을
원하는지 먼저 물어보는 것이다.

수전 버크는 잠시 침묵했다. 그러더니 우물우물 작은
소리로 말했다. "내 삶이 찢겨나가고 있어요." 정말 예쁜
여자였는데, 지나치게 긴장하고 경계하는 탓에 얼굴을
한참 들여다보고서야 예쁘다는 걸 알 수 있었다. 안경
너머로 푸른 눈이 반짝였다. 푸슬푸슬한 금발이 잘
정돈된 모습을 상상해보았다. 부자가 분명했다. 핸드백은
평범해 보여도 엄청나게 비싼 것이었다. 드레스는
수수했지만 바느질 마감이 훌륭했다. 아니, 수수하지

않았을지도 모른다. 수전이 그렇게 입어서 그렇게 보인
건지도. '똑똑하지만 독창적이진 않아.' 나는 생각했다.
'체제 순응적인 사람. 잘못된 말을 하거나 잘못된 행동을
할까봐 두려워하면서 사는군. 자신감이 부족해. 틀림없이
부모님 말씀 잘 듣고 커서 지금은 남편 말 잘 들으면서
살고 있겠지. 남편 성질이 급하네. 남편이 욱하는 일 없이
하루하루 지나가는 게 저 여자가 바라는 전부겠지. 슬퍼.
세상의 수많은 슬픈 여자들 중 한 명이군.'

그때, 수전 버크가 흐느끼기 시작했다. 1분 30초 정도
흐느꼈다. 나는 2분 정도 시간을 주고 나서 달랠
참이었는데. 그 전에 수전이 스스로 눈물을 그쳤다.
"내가 여기에 왜 와 있는지 모르겠네요." 수전은
핸드백에서 파스텔 톤 손수건을 꺼냈지만 눈물을 닦진
않았다. "미치겠어요. 매일매일 자꾸 더 나빠지기만 해요."
나는 최대한 수전을 건드리지 않으려고 애쓰면서
조심스럽게 물었다. "무슨 일인데요?"
수전은 눈자위의 눈물을 닦고 잠시 나를 빤히 보더니

눈을 깜박였다. "모르세요?"

　그러더니 미소를 지었다. 유머 감각이 있네. 의외야.

　"자, 이런 일은 어떻게 하는 거죠?" 수전은 다시 목을
움츠리면서 물었다. 그러면서 목덜미 근처를 손으로
문질렀다. "내가 어떻게 하면 되죠?"

　"나는 심리적 직관력을 가진 사람이에요. 무슨 뜻인지
아세요?"

　"사람 마음을 잘 읽어낸다는 거죠."

　"맞아요. 다는 아니지만 맞혔어요. 그런데 내가 가진
힘은 단순한 예감이나 직관보다 훨씬 더 강력해요. 모든
감각이 다 움직인답니다. 나는 사람들의 기운을 느낄 수
있어요. 눈으로는 기운을 보고 코로는 절망이나 거짓,
우울증의 냄새를 맡을 수 있어요. 꼬마 때부터 그랬죠.
우리 엄마는 심하게 우울하고 불안한 여자였어요. 주변에
항상 진청색 연기가 따라다녔죠. 엄마가 곁으로 다가오면
마치 누군가 피아노를 치는 것처럼, 피부가 어떤 소리에
울리는 느낌이 들었어요. 엄마한텐 절망의 냄새가 났어요.
빵 냄새가 나면 절망에 빠졌구나, 하고 알 수 있었죠."

"빵 냄새라고요?"

"바로 우리 엄마의 냄새였어요. 타락하는 영혼의 냄새."
참신한 예를 들어야 했다. 떨어지는 낙엽처럼 너무
뻔하면 안 되지만 그래도 뭔가 지상의 냄새여야 했다.
버섯 냄새? 에이, 운치가 없잖아.

"빵 냄새라니 정말 특이하네요." 수전이 말했다.

사람들은 대개 자신의 냄새는 무엇인지, 기운은 어떤지
묻는다. 그러면서 게임에 빠져드는 거다. 그런데 수전은
언짢아하며 말을 돌렸다. "무례한 말로 들리지 않았으면
좋겠네요. 음…… 아무래도 이건 저한테 안 맞는 것
같아요."

나는 수전의 다음 말을 기다렸다. 공감하면서 침묵하는
것은 세상 사람들이 아직 잘 사용할 줄 모르는 좋은 무기
중 하나다.

"좋아요." 수전은 양쪽 귀 뒤로 머리칼을 넘겼다.
다이아몬드가 알알이 박힌 커다란 결혼반지가
은하수처럼 빛을 뿜었다. 머리칼을 넘기자 10년은 더

젊어 보였다. 나는 어릴 때 수전의 모습을 그려보았다. 아마 책벌레였겠지. 예쁘면서 수줍음이 많은 아이. 엄격한 부모님. 항상 반듯했겠지.

"내 얼굴에 뭐라고 쓰여 있어요?"

"집에 무슨 일이 있네요."

"그건 내가 아까 말했잖아요." 절박함이 느껴졌다. 나를 믿고 싶은 게다.

"아니요, 당신은 아까 당신 삶이 찢겨나가고 있다고 말했죠. 지금 내 말은, 그게 당신 집과 관련이 있다는 겁니다. 남편이 있네요, 두 사람 불화가 심각한걸요? 어디 보자…… 썩은 노른자처럼 시커먼 녹색이 당신을 둘러싸고 있어요. 그래도 바깥쪽 가장자리에는 생기 있고 밝은 터키석 빛깔이 소용돌이치네요. 예전엔 참 좋았었는데 그게 아주 나빠졌군요. 그렇죠?"

이런 추측은 사실 너무 뻔하지만, 나는 색채를 배열하면서 말하는 걸 좋아했다. 뭔가 알아맞혔다는 느낌을 주니까.

수전은 나를 노려보았다. 제대로 정곡을 찔렀나보다.

"우리 엄마랑 똑같은 기운이 느껴지네요. 날카로운 고음의 피아노 소리가 울려요. 당신은 절박하고 격렬한 고통 속에 빠져 있어요. 잠이라곤 못 자죠."

불면증을 언급하는 건 늘 위험 부담이 있지만, 대개는 맞다. 고통에 빠진 사람은 보통 잠을 잘 못 자니까. 불면증 환자는 자신의 고단함에 공감하는 사람에게 유난히 고마움을 느끼기 마련이다.

"아니, 아네요. 난 하루에 여덟 시간씩 푹 자요." 수전이 말했다.

"제대로 된 잠이 아니죠. 불안한 꿈을 꾸잖아요. 악몽은 아닐지 모르지만, 어쩌면 기억도 안 날지 모르지만, 아침에 일어날 때면 온몸이 쑤시고 피곤하잖아요."

봤지? 잘못 추측한 것은 대부분 만회할 수 있다. 이 여성은 40대다. 40대쯤 되면 대부분 잠에서 깰 때 온몸이 쑤신다. 광고에서 본 얘기다.

"목에 근심이 쌓였네요. 당신에게선 모란 향이 납니다. 아이네. 아이가 있어요?"

아이가 없다고 하면 이렇게 말하면 된다. "하지만

아이를 원하시는군요." 아니라고 대답할 수도 있다.
아이를 갖고 싶단 생각은 해본 적도 없다고. 그래도 좀 더
주장하면, 상대는 곧 다시 생각해보게 된다. 일말의
여지도 없이 절대 아이를 낳지 않겠다고 결심하는 여성은
세상에 거의 없기 때문이다. 이런 생각은 쉽게 유도할 수
있다. 물론 똑똑한 여자라면 좀 어렵겠지만.

"네, 둘이에요. 내가 낳은 아들과 의붓아들."

의붓아들이라고? 좋아, 의붓아들로 시작해보자.

"집에 뭔가 안 좋은 일이 있네요. 의붓아들이
문제인가요?"

수전은 자리에서 벌떡 일어나더니 명품 핸드백 속을
더듬었다.

"얼마를 드리면 되죠?"

여기서 내가 하나 잘못 생각했다. 나는 수전을 두 번
다시 못 볼 줄 알았다. 그러나 나흘 후, 수전 버크는 다시
찾아왔다. "사물에도 기운이 있나요?" 그러더니 이런
질문을 했다. "그러니까, 물체 말이에요. 집이나 뭐 이런

거.” 다시 사흘 후에 와서는 “악령을 믿으세요? 그런 게
정말 있을까요?” 하고 묻더니 바로 다음 날 또 왔다.

나는 수전에 대해 거의 모든 걸 맞혔다. 강압적이고
엄격한 부모님, 반듯한 아이, 아이비리그, 경영과 관련한
전공 학위. 나는 수전에게 물었다. “무슨 일 하세요?”
수전은 감축과 구조 조정과 고객 분석에 대해 설명하고
또 설명했다. 그래도 내가 못 알아듣는 표정을 짓자 더는
못 참고 이렇게 말했다.

“문제가 뭔지 파악해서 그걸 제거하는 일을 해요.”

의붓아들 문제만 아니라면 남편과는 대체로 잘 지내는
편이었다(“그 사람은 격무에 시달려서 스트레스가 많아요”).
1년 전에 새 집으로 이사를 했는데, 그때부터 의붓아들이
갈수록 말썽이었다.

“처음부터 사랑스러운 아인 아니었어요.” 수전은
말했다. “마일즈에게 엄마라곤 내가 유일해요. 아이가
아홉 살 때부터 내가 아이 아빠랑 살았거든요. 하지만
마일즈는 항상 차가웠어요. 내성적이고. 뭔가 결핍된
아이예요. 이렇게 말하는 나 자신이 싫네요. 내 말은,

내성적인 건 좋다 이거예요. 그런데 작년에 이사를 한 이후로…… 애가 변했어요. 뭐랄까, 더 공격적이 됐어요. 너무 사나워요. 아주 어둡고. 협박도 하고요. 나는 그 애가 무서워요."

열다섯 살짜리 아이가 교외에서 살다가 자기 뜻과 상관없이 아는 사람 하나 없는 도심으로 이사를 갔다. 게다가 원래 좀 골치 아픈 괴짜 녀석 아니었나. 화가 나는 게 당연하지. 내가 이렇게 말해줬더라면 도움이 되었을지도 모른다. 그러나 그러지 않았다. 나는 기회를 붙잡았다.

안 그래도 집 기운 정화 사업에 뛰어들려고 애쓰던 참이었다. 무슨 말이냐 하면, 한마디로 새집으로 이사한 사람이 전화로 날 찾게 만드는 사업이다. 의뢰받은 집 주변을 돌면서 산쑥을 태우고 소금을 뿌리고 중얼중얼 주문을 읊는다. 산뜻하게 새출발을 할 수 있도록 남아 있는 전 주인들의 나쁜 기운을 모조리 쓸어버리는 것이다. 요즘은 사람들이 도심의 유서 깊은 저택으로 다시 돌아가는 추세라, 집 기운 정화 사업은 곧 붐이 일어날

조짐이 보였다. 집이 100년씩 묵으면 남아 있는 기운도 만만치 않은 법이다.

"수전, 그 집이 아들의 행동에 영향을 주고 있다고 생각해본 적은 없나요?"

수전은 눈을 커다랗게 떴다. "네! 맞아요, 그렇게 생각해요. 내 말이 이상한가요? 그래서…… 그래서 여길 다시 찾아온 거예요. 사실은…… 내 방 벽에 핏자국이 있어요."

"피요?"

수전의 얼굴이 바싹 다가왔다. 민트 향이 시큼한 입 냄새를 덮고 있었다. "지난 주였어요. 그땐 아무 말도 하고 싶지 않았어요…… 당신이 날 미친 사람으로 생각할까 봐요. 하지만 핏자국이 분명해요. 바닥에서 벽을 타고 천장으로 한 줄기 핏자국이 길게 올라가고 있어요. 내가…… 내가 미친 걸까요?"

일주일 뒤, 나는 수전의 집 앞에서 그녀를 만났다. 뒤에 트렁크가 달린 믿음직한 애마를 몰고 그녀의 집까지

달리면서 나는 핏자국이 '녹'일 거라고 생각했다. 피일 리가 없지. 무언가 벽에서 배어 나왔거나 지붕에서 내려왔을 것이다. 고택(古宅)을 건축할 때 무엇으로 지었는지 누가 알겠는가? 100년 후에 벽에서 뭐가 배어 나올지 누가 알겠는가? 문제는 그것을 어떻게 활용하느냐다. 나는 퇴마 의식이나 악마 숭배 의식 따위에는 털끝만큼도 관심이 없었다. 수전이 원하는 것도 그런 건 아닐 것이다. 하지만 수전은 나를 자신의 집으로 불렀다. 무언가 바라는 게 있지 않은 한, 그런 부류의 여성들은 나 같은 사람을 집에 들이지 않는다. 안도감. 나야 '핏방울' 쯤은 금방 이유를 설명해주고 한 방에 정리하지. 그래도 집 정화는 여전히 필요하다고 주장할 참이다.

집 기운 정화는 여러 번 반복해야겠지. 비용 이야기를 아직 안 했다. 열두 번 방문에 2,000달러면 적당하지 않을까. 한 달에 한 번, 1년 이상 질질 끌자. 그래서 의붓아들이 스스로 감정을 추스르고 새 학교와 새 친구들에게 적응할 시간을 주자. 그러면 아이는 치유될

테고, 나는 영웅이 되는 것이다. 수전은 곧바로 신경증에 걸린 돈 많은 친구들에게 나를 찾아가보라고 떠들겠지. 나는 나만의 사업을 시작할 수 있을 테고, 사람들이 내게 무슨 일을 하느냐고 물으면 다른 기업가들이 그러듯이 도도한 태도로 말하면 된다. 수전과 나는 친구가 될지도 모른다. 어쩌면 나를 북 클럽에 초대할지도 몰라. 그럼 나는 벽난로 옆에 앉아 브리 치즈 조각을 조금씩 먹으며 말해줘야지. "작은 사업을 하나 하는데, 말하자면 기업가죠." 나는 주차를 한 뒤, 차에서 내려 기분 좋은 봄 공기를 깊이 들이마셨다.

바로 그때였다. 나는 첫눈에 수전의 집을 알아보았다. 그대로 얼어붙은 채 바라보기만 했다. 몸이 덜덜 떨렸다.

다른 집들과는 달라도 너무 달랐다.

그 집은 숨어 있었다. 줄줄이 늘어선 네모난 요즘 집들 사이에 유일하게 남아 있는 빅토리아 시대의 저택. 그래서인지, 과거가 살아 숨 쉬는 듯 생생하고 빈틈없는 모습이었다. 건물 정면 전체가 정교하게 조각된

석조물이었다. 자세히 보면 너무나 섬세해서 현기증이 날 정도였다. 꽃과 가늘게 세공된 무늬들, 우아한 나뭇가지와 펄럭이는 리본. 게다가 대문은 실제 사람 크기로 조각된 두 천사에 에워싸여 있었다. 천사들은 하늘을 향해 두 팔을 벌리고, 보이지 않는 무언가에 감명을 받은 듯 황홀한 얼굴로 서 있었다.

나는 가만히 집을 지켜보았다. 집도 악의에 찬 길쭉한 창문들을 통해 나를 지켜보고 있었다. 창문 하나하나는 아이가 창틀 위에 설 수 있을 만큼 길었다. 실제로 한 아이가 서 있었다. 마른 체구의 아이. 키가 어느 정도인지 한눈에 보였다. 회색 바지, 검은 스웨터, 목 언저리에 반듯하게 매인 밤색 타이. 헝클어진 검은 머리가 눈썹 아래로 내려왔다. 그러다 갑자기 아이가 사라졌다. 창틀에서 뛰어내려 두터운 비단 커튼 뒤로 몸을 숨긴 것이다.

저택으로 올라가는 계단은 길고 가팔랐다. 끝까지 올라가 경외심으로 가득 찬 천사들을 지나 현관 벨을 누를 때까지 심장이 계속 쿵쾅거렸다. 대답을 기다리는데 발 근처 돌판에 새겨진 글씨가 눈에 띄었다.

카터후크 메이너

1893년 건축

패트릭 카터후크

엄격한 빅토리아 시대의 필기체. 구불구불하고 화려한
깃털 모양의 장식체로 쓰인 통통한 알파벳 '오(O)' 자가
눈에 띄었다. 장식체의 가는 선 끄트머리가 앞에 선 내 배를
찌를 듯했다. 나도 모르게 두 팔로 배를 감싸고 싶었다.

수전이 충혈된 눈으로 현관문을 열었다.

"카터후크 메이너에 오신 것을 환영합니다." 수전은
억지로 위엄을 갖추며 말했다. 돌판을 들여다보는데
수전이 문을 열었다. 나랑 만날 때 수전이 단정한 용모였던
적은 한 번도 없다. 하지만 머리칼도 빗질하지 않은 채 코를
찌르는 고약한 악취를 풍기긴 처음이었다(절망이나 절박감의
냄새가 아니라 그냥 구취와 악취 말이다). 수전은 힘없이 어깨를
으쓱했다. "결국 불면증이 왔어요."

저택의 내부 모습은 외부와 완전히 달랐다. 원래 있던 내부 장식을 다 걷어내서 그냥 평범한 다른 부잣집들과 비슷해 보였다. 나는 금방 기분이 좋아졌다. 고상한 매립 조명, 대리석으로 만든 조리대, 스테인리스 스틸 가전 기기들, 새로 나무 패널을 깐 부드러운 마룻바닥. 매끈하게 결이 다듬어진 참나무 벽이 이어졌다. '이런' 장소를 정화하는 것쯤이야.

"핏자국부터 시작해보죠." 내가 먼저 제안했다.

우리는 2층으로 올라갔다. 위로 두 개 층이 더 있는 4층 집이었다. 벽 없이 1층부터 4층까지 계단이 통으로 연결되어 있었다. 난간 위를 올려다보는데 꼭대기 층에서 어떤 얼굴이 나를 물끄러미 내려보고 있었다. 골동품 인형 같은 창백한 피부에 검은 머리칼과 검은 눈동자. 마일즈였다. 마일즈가 잠시 위엄 있게 나를 노려보더니 다시 사라졌다. 저 아이는 이 집의 원래 분위기와 딱 어울렸을 것이다.

수전이 벽에 걸려 있던 멋진 판화를 떼어 바닥에 내려놓자 벽체가 드러났다.

"여기에요, 바로 여기 있었어요." 수전은 천장부터
바닥까지 핏자국이 흘렀을 자리를 손가락으로 가리켰다.

나는 가까이서 꼼꼼히 들여다보는 척했다. 하지만
아무것도 보이지 않았다. 수전이 박박 문질러 전부
닦아낸 것이다. 표백제 냄새가 아직까지 남아 있었다.

"내가 해볼게요. 이 자리에서 엄청난 고통이 느껴져요.
집 전체가 다 그런데 바로 이 자리가 원인이네요. 내가
도와줄게요."

"집이 밤새도록 삐걱대요. 무슨 신음 소리 같아요. 집은
신음하지 못하잖아요. 집 안에 있는 건 전부 다 새로 산
물건이에요. 이상한 시간대에 마일즈의 방문이 쿵쿵
닫혀요. 그러면 아이가……. 마일즈는 자꾸 더 심해지고
있어요. 뭔가에 쒼 것 같아요. 어둠을 등에 지고 다녀요.
껍질을 뒤집어쓴 곤충처럼 말이죠. 마일즈는
딱정벌레처럼 버둥대며 돌아다녀요. 내가 나가고 싶어요.
얼마나 무서운지 내가 이사 가고 싶을 지경이에요.
하지만 그럴 돈이 있어야죠. 더는 돈이 없어요. 이 집을
사느라 너무 많이 써버렸거든요. 거의 다 개조하다시피

해서……. 어쨌든 남편은 허락해주지 않을 거예요. 남편
말이, 마일즈는 그냥 성장통을 겪고 있을 뿐이래요. 나만
예민하고 한심한 여자인 거죠."

"내가 도와줄게요."

"집 전체를 한번 둘러보실래요?"

우리는 좁고 긴 복도를 따라 걸었다. 어두웠다.
창가에서 조금만 벗어나도 어둠이 덮쳤다. 함께 복도를
걷는 동안 수전은 계속 조명을 켰다.

"마일즈가 자꾸 불을 꺼요." 수전이 말했다. "그럼 내가
다시 켜죠. 불을 계속 켜두라고 아이에게 부탁해도 마치
내가 무슨 말을 하는지 모르겠다는 듯이 굴어요. 여기가
우리 집 골방 서재예요." 수전이 방문을 열자 벽난로가
있는 동굴 같은 방이 보였다. 벽마다 책장이 빽빽했다.

"도서관이네요." 나는 숨이 막혔다. 척 보기에도 책이
1,000권은 되어 보였다. 똑똑한 사람들이 읽는 두껍고
감동적인 책. 그런 책이 1,000권이나 있는데 그 방을
어떻게 그냥 '골방 서재'라고 부를 수 있지?

안으로 한 발짝 들어가 보았다. 마음이 벅차오르면서 온몸에 전율이 느껴졌다. "당신도 느껴지나요? 이런…… 이 방의 진지함이 느껴져요?"

"난 이 방이 싫어요." 수전은 고개를 저었다.

"이 방을 좀 더 지켜봐야겠어요." 한 번 올 때마다 한 시간 정도 이 방에 머물면서 읽고 싶은 책이나 골라 실컷 읽어야겠다.

우리는 복도로 나왔다. 다시 어두워져 있었다. 수전은 한숨을 쉬며 꺼진 조명을 다시 켜기 시작했다. 후다닥 위층으로 올라가는 발소리가 들렸다. 오르락내리락 정신없이 복도를 뛰어다니는 발소리. 내 오른쪽에 있는 방문이 잠겨 있었다. 수전이 문을 노크했다. 잭, 엄마야. 의자를 뒤로 빼는 소리, 손잡이가 딸깍하는 소리가 나더니 어떤 아이가 문을 열었다. 마일즈보다 한참 어린 아이였다. 엄마를 빼닮았다. 아이는 엄마를 보더니 1년쯤 못 본 사람을 대하듯 반가운 미소를 지었다.

"엄마." 아이는 팔을 벌려 엄마를 끌어안았다. "보고 싶었어요."

"잭이에요, 일곱 살이죠." 수전은 아이의 머리를 쓰다듬었다.

"엄마는 여기 이 친구분이랑 뭘 좀 하러 가야 돼." 수전은 아이 눈높이에 맞춰 무릎을 꿇고 말했다. "책 다 읽으면 엄마가 간식 만들어줄게."

"문 잠글까요?" 잭이 물었다.

"그럼, 방문은 항상 잠가야 돼, 우리 아들."

다시 복도를 걸어가는 우리 등 뒤로 문을 잠그는 소리가 딸깍 들렸다.

"왜 잠가요?"

"마일즈가 동생을 싫어해요."

내가 얼굴을 찌푸리는 걸 수전도 분명 알아차렸을 것이다. 세상에 꼬마 남동생을 좋아하는 십대가 어디 있겠나.

"마일즈가 자기 마음에 안 드는 보모한테 무슨 짓을 했는지 보셨어야 해요. 집에 돈이 부족해진 이유 중 하나예요. 의료비가 보통 들었어야 말이죠." 나를 돌아보는 수전의 눈길이 날카로웠다. "이런 말은 하지 말걸

그랬네요. 이건…… 중요한 얘기도 아닌데. 그냥 우연한
사고였을지도 모르는데. 나도 이젠 잘 모르겠어요. 어쩌면
내가 완전히 미쳤는지도 모르죠."

수전은 손으로 한쪽 눈두덩을 치면서 어이없다는 듯
하핫, 하고 웃었다.

걷다보니 복도 끝에 다다랐다. 다른 방문이 잠겨
있었다.

"마일즈의 방을 보여드리고 싶어요. 그런데 그 애 방
열쇠가 나한테 없네요." 수전이 짧게 말했다. "솔직히 겁이
나기도 하고요."

수전은 억지로 웃음소리를 냈지만 그럴듯하진 않았다.
억지웃음으로 봐주기에도 너무 힘이 빠진 소리였다.
우리는 3층으로 올라갔다. 거기도 방이 여러 개 있었다.
도배를 하고 페인트칠을 한 방마다 우아한 빅토리아풍
가구가 아무렇게나 놓여 있었다. 반려동물의 변기만 하나
덩그러니 놓인 방도 있었다. "우리 고양이 윌키 거예요."
수전이 설명했다. "세상에서 가장 운이 좋은 고양이죠.
혼자 응가할 수 있는 자기 방이 따로 있다니 말예요."

"이 방을 다르게 써도 될 텐데요."

"월키는 정말 사랑스러운 고양이예요." 수전이 덧붙였다. "거의 스무 살쯤 됐죠."

나는 무슨 흥미롭고 좋은 이야기라도 들은 양 미소를 지어 보였다.

"확실히 이 집은 방이 너무 많아요. 우리에겐 다 필요하지도 않은데." 수전이 말을 이었다. "아이가 또 생길 수 있다고 생각했던 것 같아요……. 입양을 할 수도 있다고 본 거죠. 하지만 난 이 집에 또 다른 아이를 데려오고 싶지 않았어요. 그랬더니 집 전체가 무슨 값비싼 창고처럼 되어버렸네요. 남편은 자기가 사들인 골동품을 아주 좋아한답니다." 보수적이고 거만한 남편의 모습이 딱 그려졌다. 골동품을 사들이지만 혼자서는 고를 줄도 모르는 남자. 실제로는 뿔테를 쓴 어떤 세련된 여자 실내 장식 전문가가 다 해줬을 게 분명하다. 서재의 책도 다 그 여자가 사다 줬겠지. 그런다는 얘길 들은 적이 있다. 책을 무더기로 사다가 장식용으로 서재를 만드는 사람들이 있다고. 사람들은 멍청하다. 어찌나 멍청한지 도무지 감당이 안 된다.

우리는 조금 더 올라갔다. 꼭대기 층인 4층은 넓은 다락방이었다. 배를 타면 침대칸 밑에 깔아두었을 듯한 옛날 트렁크 몇 개가 벽을 따라 줄줄이 늘어서 있었다.

"저 트렁크들 정말 바보 같지 않아요?" 수전이 작은 소리로 말했다. "남편 말로는 저런 트렁크가 이 집을 좀 더 빅토리아풍으로 만들어준대요. 남편은 집 개조를 못마땅해했죠."

그래서 집이 이렇게 뒤죽박죽이 된 거군. 남편은 빈티지 느낌을 원했고 수전은 현대적 느낌을 원했는데, 이렇게 집의 내부와 외부를 각자의 스타일로 나누어서 꾸미면 문제가 해결될 줄 알았던 거다. 그러나 버크 집안 사람들은 만족하기보단 서로 분개한 채 살게 되었다. 나중에 수리비로 수백만 달러가 청구되었을 땐 남편도 부인도 행복하지 않았겠지. 부자들이란 돈 귀한 줄을 모른다.

우리는 뒤편 계단으로 갔다. 토끼 굴처럼 비좁고 어지러운 계단을 끝까지 내려가니 금속이 번쩍거리는 현대식 주방이 입을 쩍 벌리고서 우리를 맞이했다.

마일즈가 아일랜드 식탁에 앉아 기다리고 있었다.
수전은 마일즈를 보더니 흠칫 놀랐다.

마일즈는 나이에 비해 체구가 작았다. 창백한 얼굴에
뾰족한 턱. 검은 눈동자는 거미의 눈처럼 초조하게
움직이고 있었다. 눈에 보이는 것들을 계속 평가하면서.
아주아주 똑똑하지만 학교를 싫어하네, 나는 생각했다.
남들이 보여주는 관심이 성에 찬 적이 없군. 수전의
관심을 독차지한다 해도 여전히 부족하다고 느낄 거야.
비열해. 자기중심적이고.

"엄마." 아이의 표정이 확 바뀌었다. 밝고 천진한 미소가
금세 떠올랐다. "보고 싶었어요." 다정하고 사랑스러운
아이, 잭. 마일즈는 동생과 똑같이 행동하고 있었다.
마일즈는 수전을 안으러 다가왔다. 걸을 때도 어깨를 살짝
구부리고 어리광을 부리는 듯한 잭의 동작을 그대로 따라
했다. 마일즈는 양팔을 벌려 엄마를 감싸 안고 품속으로
파고들었다. 수전은 마일즈의 어깨 너머로 나를
바라보았다. 두 뺨이 붉어지고, 무슨 고약한 냄새라도

맡은 듯 입을 앙다문 모습이었다. 마일즈는 수전을
올려다보았다. "엄마는 왜 나 안 안아줘요?"

수전이 마일즈를 가볍게 포옹했다. 마일즈는 뜨거운
불에라도 데인 듯 얼른 수전을 놓았다.

"엄마가 저 아줌마한테 하는 말 다 들었어요." 마일즈가
말했다. "잭 이야기. 보모 이야기. 다른 이야기도 전부
다요. 엄만 진짜 나쁜 사람이야."

수전이 움찔했다. 마일즈는 나를 돌아보았다.

"아줌마, 우리 집에서 나가면 다시는 오지 마세요. 그게
아줌마한테 좋아요." 마일즈는 나와 수전을 바라보며
미소 지었다. "이건 집안일이에요. 그렇잖아요, 엄마?"

그러더니 아이는 묵직한 가죽신을 신은 발을 소리 내어
끌면서 다시 뒷계단으로 올라갔다. 몸을 앞으로 푹 숙인
채. 진짜 무슨 곤충 껍질을 등에 씌운 것처럼 버둥대며
걸었다. 반짝반짝 무거운 껍질.

수전은 바닥만 내려다보고 있다가 호흡을 가다듬은 뒤
고개를 들었다. "날 좀 도와줘요."

"남편은 뭐라고 해요?"

"우린 이 일에 대해선 아무 얘기도 안 해요. 마일즈는 남편 아이거든요. 남편은 마일즈를 감싸고돌아요. 뭔가 조금이라도 안 좋은 말을 할라치면 나보고 미쳤다고 그래요. 단단히 미쳤대요. 유령의 집이라니. 내가 정말 미친 건지도 모르죠. 어쨌든, 남편은 항상 해외 출장 중이에요. 당신이 우리 집에 온 것도 몰라요."

"내가 도와줄게요." 나는 말했다. "그럼 비용 얘기부터 마무리 지을까요?"

수전은 내가 제시한 가격에는 동의했지만 기간에는 반대했다. "마일즈가 나아지기를 1년씩이나 기다릴 순 없어요. 그 전에 아이가 우리 둘 다 죽일지도 모른다고요." 수전은 자포자기한 듯 아까처럼 힘없는 웃음소리를 냈다. 나는 일주일에 두 번씩 오겠다고 약속했다.

수전의 집에는 주로 낮 시간에 갔다. 아이들은 학교에 가서 없고 수전은 직장에 있는 낮 시간. 나는 집을 정화했다. 말 그대로 불순한 것을 물로 씻어냈다는 뜻이다. 불을 붙여 산쑥을 태우고 바닷소금을 뿌렸다.

가져온 라벤더와 로즈마리 약초 끓인 물로 집을 닦았다. 벽과 바닥 모두. 그런 다음에는 골방 도서관에 앉아 잠시 책을 읽었다. 나는 집 안을 샅샅이 뒤지며 돌아다녔다. 햇살처럼 환하게 웃고 있는 잭의 사진이 수천억 장은 되어 보였다. 하지만 뿌루퉁한 마일즈의 사진은 옛날 것만 몇 장 있을 뿐이었고, 우울해 보이는 수전의 사진은 겨우 두세 장, 남편 사진은 한 장도 없었다. 나는 수전이 안쓰러웠다. 사나운 의붓아들과 항상 출타 중인 남편이라니. 수전이 자기 마음을 어두운 쪽으로 몰고 간다 해도 나무랄 일이 아니었다.

그래, 나도 그런 느낌이 들었다. 그 집 말이다. 사악한 것까진 아니었지만…… 뭔가 있었다. 집이 나를 주의 깊게 살펴보는 느낌이 들었다면 누가 믿겠는가? 그렇지만 이상하게도 집 전체가 나를 밀어내고 있었다. 하루는 마룻바닥을 닦고 있는데 갑자기 가운뎃손가락이 저며진 듯 심하게 아프기 시작했다. 마치 뭔가에 꽉 물린 것처럼 말이다. 손가락을 들어보니 피가 흐르고 있었다. 가지고 있던 걸레 하나로 꽁꽁 감쌌지만 걸레에서 다시 피가

배어났다. 그 순간, 느낄 수 있었다. 이 집 안의 무언가가
기뻐하고 있었다.

덜컥 겁이 나기 시작했다. 그러나 이 두려움에 맞서야
한다고 생각했다. 이 모든 일을 꾸민 사람은 바로 너야.
나는 스스로에게 다짐하듯 말했다. 그러니 핑계 대지 마.

6주째 되던 날 아침이었다. 나는 주방에서 라벤더
약초를 끓이고 있었다. 수전은 쉬는 날이었고 아이들은
학교에 가고 없었는데, 등 뒤에서 인기척이 느껴졌다.
돌아보니 교복을 입은 마일즈가 나를 지켜보고 있었다.
아이의 얼굴에 비웃음이 슬쩍 지나갔다. 아이는 내가
가져온 책《나사의 회전(The Turn of the Screw)》을 손에 들고
있었다.

"귀신 이야기 좋아하세요?" 아이는 싱긋 웃었다.

내 핸드백을 뒤진 것이다.

"왜 집에 있는 거니, 마일즈?"

"아줌마를 계속 연구하고 있었어요. 재미있는
분이세요. 나쁜 일이 벌어질 거란 걸 아줌마도 알고

있잖아요, 그쵸? 흥미롭네요."

아이가 다가오는 만큼 나는 뒤로 물러섰다. 아이는
펄펄 끓는 물주전자 바로 옆에 서 있었다. 두 뺨이
주전자의 열기로 발그레했다.

"도우려고 애쓰는 중이란다, 마일즈."

"하지만 진짜 그렇게 생각해요? 느껴져요? 사악한
기운이?"

"진짜 느껴져."

아이는 끓고 있는 주전자를 노려보았다. 주전자 끝에
손가락을 살짝 갓다 대었다가 얼른 떼어냈다. 불에
데었는지 손가락이 분홍빛이었다. 아이는 거미처럼
반짝이는 검은 눈동자로 나를 가늠하고 있었다.

"아줌마는 내가 생각했던 거랑 많이 다르게 생겼네요.
가까이서 보니 달라요. 난 아줌마가 뭐랄까…… 섹시할
줄 알았어요." 아이는 '섹시'라는 단어를 묘하게 발음했다.
무슨 뜻인지 나도 안다. 핼러윈 축제의 점쟁이 같은
섹시함을 생각했겠지. 번쩍번쩍하게 립글로스를 바르고
머리칼을 잔뜩 부풀리고 큼지막한 링 귀고리를 한 사람.

"아줌마는 꼭 보모처럼 생겼어요."

나는 아이에게서 한 발 더 물러섰다. 아이는 지난번
보모를 해친 적이 있다.

"날 겁주려는 거니, 마일즈?

가스레인지로 다가가서 불을 끌 수만 있다면.

"아줌마를 도우려는 거예요." 아이는 차분하게 말했다.
"아줌마가 엄마 곁에 있지 않았으면 좋겠어요. 한 번만 더
우리 집에 오면 아줌마는 죽게 될 거예요. 더는 자세히
말하고 싶지 않아요. 하지만 분명히 경고했어요."

아이는 돌아서서 주방을 나갔다. 현관 계단을 내려가는
아이의 발소리를 듣자마자 나는 끓고 있던 주전자 물을
싱크대에 부어버렸다. 식당으로 달려가 내 핸드백과
열쇠를 챙겼다. 이 집에서 나가야 해. 핸드백을 집어 들자
달착지근하고 눅눅한 냄새가 코를 찔렀다. 아이가 백
안에 구토를 해놓은 것이다. 내 열쇠와 지갑과 전화기가
악취로 뒤덮여 있었다. 차마 그 끔찍한 오물을 뒤져서
열쇠를 꺼낼 수가 없었다.

수전이 문을 쾅 열며 들어왔다. 제정신이 아니었다.

"마일즈가 여기 있나요? 괜찮아요? 학교에서 전화가
왔는데 애가 보이지 않는다는 거예요. 그 녀석, 앞문으로
들어와서 곧장 뒷문으로 나간 게 틀림없어. 걔는 당신이
우리 집에 있는 걸 싫어해요. 애가 무슨 말을 하던가요?"

그때, 위층에서 뭔가 요란하게 부서지는 소리가
들렸다. 이어지는 통곡 소리. 우리는 위층으로 달려갔다.
복도를 지나는데 촛대 모양으로 고정된 조명 장치에
헝겊으로 만든 작고 조악한 인형이 매달려 있었다.
매직펜으로 그려진 얼굴. 붉은 실로 만든 올가미가 목을
조르고 있었다. 복도 끝 마일즈의 방에서 악쓰는 소리가
들렸다. 안 돼애애애애애! 이 쌍년, 나쁜 년아!

우리는 문 앞에서 멈춰 섰다.

"아이와 이야기하고 싶으세요?" 내가 먼저 물었다.

"아뇨." 수전은 단호했다.

수전은 눈물을 흘리며 돌아서서 복도 저편으로 가더니
조명에 매달려 있던 인형을 뜯어냈다.

"처음에는 마일즈가 노리는 게 나인 줄 알았어요."
수전이 인형을 내게 건넸다. "하지만 난 갈색머리가

아니잖아요."

"그럼 저네요."

"무서워하는 것도 이젠 지쳐요." 수전은 힘이 빠져 조그맣게 말했다.

"무슨 말인지 알아요."

"아뇨, 당신은 몰라요. 하지만 이제 알게 되겠죠."

수전은 자기 방으로 돌아갔다. 나도 하던 일을 마무리하러 주방으로 돌아갔다. 정말이다. 나는 하던 일을 마무리했다. 나는 로즈마리와 라벤더로 그 집 벽과 마룻바닥 구석구석을 씻어냈다. 내 머리 위에서 마일즈가 악을 쓰고 수전이 엉엉 우는 동안 산쑥을 태워 연기를 피우면서 나도 모를 횡설수설을 주문이랍시고 외워댔다. 그런 다음 구토로 뒤덮인 핸드백 속 물건들을 모조리 싱크대에 쏟아붓고 깨끗해질 때까지 물로 씻었다.

해 질 무렵, 자동차 문을 여는데 통통한 볼에 곱게 화장을 한 노부인이 저편에서 나를 불렀다. 노부인은 엷은 미소를 띤 채 땅거미를 가르며 종종걸음으로 내게

다가왔다.

"난 그냥, 당신에게 이 가족을 도와줘서 고맙다는 말을 하고 싶네요." 노부인이 말했다. "꼬마 마일즈를 도와주셔서 말예요. 고맙습니다."

그녀는 손가락을 입술에 올리고 입을 잠그는 시늉을 했다. 그러더니 내가 이 가족에게 도움이 되는 건 하나도 없다는 말을 하기도 전에 다시 종종걸음으로 멀어졌다.

일주일 뒤였다. 방이라곤 딱 하나에 책은 열네 권이 전부인 내 작은 아파트에서 뒹굴고 있을 때였다. 못 보던 게 눈에 띄었다. 침대 옆 벽에 녹물이 물결친 자국처럼 얼룩져 있었다. 그걸 보니 엄마가 생각났다. 지난 시절이 떠올랐다. 지금까지는 이걸 저거랑 거래하든 저걸 이거랑 거래하든, 모든 거래에 아무런 차이가 없었다. 일단 거래가 끝나면 나는 깨끗이 잊고 다음 일을 기다렸다. 그런데 수전 버크와 그녀의 가족은 마음에서 영 지워지지가 않았다. 수전 버크와 그녀의 가족, 그리고 그 집 말이다.

나는 고물 노트북을 열고 검색을 시작했다. 패트릭 카터후크. 윙윙대고 버벅대는 소리가 한참 이어지다가 겨우 화면이 떴다. 어느 대학 영문학과 사이트의 게시물이었다.

〈빅토리아 시대다운 범죄: 패트릭 카터후크 가문의 무시무시한 이야기〉

1893년의 일이다. 백화점업계의 거물 카터후크는 사랑스러운 아내 마거릿과 두 아들 로버트, 체스터와 함께 시내 도심에 공들여 지은 도금 시대(Gilded Age) 저택으로 이사한다. 로버트는 학교 동급생들을 괴롭히고 이웃의 반려동물을 해치는 불량소년이었다. 열두 살 때는 아버지의 창고 하나를 불태운 뒤 그 잔해를 물끄러미 구경한 적도 있었다. 얌전한 동생을 괴롭히기도 했다. 열네 살이 되어서도 계속 자신을 통제하지 못하고 말썽만 심해지자 카터후크 집안 사람들은 로버트를 사회에서 격리하기로 했다. 1895년, 카터후크 집안 사람들은 로버트를 저택에 가두었다. 아이는 두 번 다시 저택 밖으로 걸어 나오지 못했다.

로버트는 금박을 입힌 음울한 감옥에 갇힌 채 계속 악화되어갔다. 집 안의 가구나 다른 살림은 모두 아이의 토사물과 배설물로 뒤덮여버렸다. 하녀 한 사람이 알 수 없는 화상을 입고 병원에 실려 가서는 다시는 저택으로 돌아오지 않았다. 어느 겨울날 아침, 요리사도 달아났다. '주방의 사고'로 끓는 물에 3도 화상을 입었다는 소문이 돌았다.

1897년 1월 7일, 그 집에서 무슨 일이 있었는지 정확하게 아는 사람은 아무도 없다. 그러나 피범벅 사건이 일어났다는 건 명백하다. 패트릭 카터후크는 침대에서 칼에 찔려 죽은 모습으로 발견되었다. 117군데 자상을 입은 채였다. 마거릿은 등에 도끼가 꽂힌 채 쓰러져 있었다. 꼭대기 다락방으로 달아나려고 계단을 뛰어오르던 중 맞아 쓰러진 것이다. 열 살짜리 아들 체스터는 욕실 욕조에 잠겨 있었다. 로버트는 자기 방 대들보에 목을 매달고 죽어 있었다. 사건을 저지르던 날, 그는 일부러 잘 차려입은 모습이었다. 교회에 갈 때 입는 말쑥한 푸른 정장은 부모님의 피로 덮이고 동생을 익사시킬 때 튄 물기로 젖어 있었다.

기사 아래에는 낡고 바랜 카터후크 집안의 가족사진이
있었다. 딱딱하게 정색한 네 사람의 얼굴이 빅토리아
시대 특유의 장식을 뚫고 사진 건너편을 바라보고
있었다. 콧수염 끝을 구부려 멋을 낸 호리호리한 40대
남자와 금발의 작고 귀여운 여인. 여인의 날카롭고도
슬픈 눈동자는 너무 밝게 빛나서 하얗게 보일 정도였다.
그리고 두 아들. 작은아이는 엄마처럼 금발이었고,
큰아이는 검은 머리에 검은 눈이었다. 눈동자에 비웃음이
슬쩍 비치는 큰아이의 머리는 오만한 듯 약간 기울어
있었다. 마일즈. 큰아이는 마일즈와 닮았다. 완전히
똑같진 않지만 느낌이 비슷하다. 오만함, 자부심, 위협이
담긴 태도.

마일즈다.

피 묻은 마루청을 닦고 얼룩 물이 든 타일을 닦아내면,
로버트 카터후크가 목을 매달았던 대들보를 부수면,
비명 소리를 빨아들였던 사방의 벽을 무너뜨리면,
유령의 집도 허물어지는 걸까? 실제 집의 배 속 장기腸器,

집의 내부 장식들을 다 제거했는데도 저주가 계속 붙어 있을 수 있을까? 아니면 결국 악의는 허공에 계속 남게 되는 걸까? 그날 밤 나는 꿈을 꾸었다. 조그마한 인형이 수전의 방문을 열고 방바닥을 기어서 수전의 침대로 다가갔다. 인형은 수전의 최고급 주방에서 꺼내 온, 커다랗고 번득이는 식칼을 들고 서서 잠든 수전을 조용히 내려다보았다. 방에서는 산쑥과 라벤더 향이 났다.

오후 무렵 잠이 들었다가 어둑해져서야 눈을 떴다. 천둥 번개가 한창이었다. 누워서 천장만 노려보다가 해가 저문 걸 알고는 옷을 챙겨 입고 카터후크 메이너로 차를 몰았다. 아무짝에도 소용없는 약초들은 집에다 놔두고 길을 나섰다.

문을 여는 수전은 울었는지 눈가가 젖어 있었다. 그이의 창백한 얼굴이 음울한 저택을 배경으로 허옇게 빛났다.

"당신, 정말 용하네요." 수전이 속삭였다. "지금 막 전화하려던 참이었어요. 상황이 자꾸 더 나빠지기만 해요.
끝날 생각을 안 해요." 수전은 무너지듯 소파에
주저앉았다.

　"마일즈와 잭은 집에 있나요?"

　수전은 고개를 끄덕이며 손가락으로 위층을 가리켰다.
"간밤에 마일즈가 정말 침착하게 말하더군요. 우릴 죽일
거라고요." 수전은 말을 이어갔다. "정말 두려워요…….
왜냐하면…… 월키가……." 그러더니 다시 울기 시작했다.
"오, 하느님."

　고양이가 살금살금 방으로 들어왔다. 갈비뼈가 드러날
정도로 바싹 야윈 늙은 수컷이었다. 수전은 고양이를
가리켰다.

　"그 아이가 무슨 짓을 했는지……. 저것 좀 보세요,
불쌍한 월키!"

　나는 고양이를 다시 바라보았다. 엉덩이 부근에 바랜
털만 겨우 한 줌 남아 있었다. 마일즈가 고양이의 꼬리를
잘라버린 것이다.

　"수전, 노트북 갖고 있어요? 보여줄 게 있어요."

수전은 나를 서재로 데려갔다. 빅토리아풍 책상은 남편의 것이 틀림없었다. 스위치를 켜자 벽난로에서 쉭 소리가 났다. 수전이 자판 하나를 툭 쳤다. 노트북 화면에 불이 들어왔다. 나는 웹 사이트를 열어 수전에게 카터후크가의 기사를 보여주었다. 수전이 바싹 붙어 기사를 읽는 동안 그이의 따뜻한 숨결이 내 목에 와 닿았다.

나는 손으로 사진을 가리켰다. "로버트 카터후크 보면 생각나는 사람 없어요?"

수전은 잠이 덜 깬 듯 고개를 꾸벅였다. "무슨 뜻이죠?"

타다닥, 검은 창문에 빗방울이 부딪치는 소리가 들렸다. 푸른 하늘, 맑게 갠 날이 그리웠다. 이 집의 육중함을 더는 견딜 수가 없었다.

"수전, 난 당신을 좋아해요. 난 좋아하는 사람이 별로 없는데 당신은 참 좋아요. 당신 가족에게 최선의 길이 있길 바라요. 그런데 난 적임자가 아닌 것 같아요."

"무슨 뜻이에요?"

"내 말은, 당신을 도울 다른 사람을 찾는 게 좋겠어요.

난 못 하겠어요. 이 집은 뭔가 이상해요. 단단히
잘못됐어요. 수전, 여길 떠나야만 해요. 당신 남편이 뭐라
하든 상관없어요."

"하지만 우리가 떠난다면…… 마일즈도 데리고
가야겠죠?"

"그래요."

"그러면…… 그 아이가 치유될까요? 이 집을
떠난다면?"

"수전, 그건 나도 몰라요."

"무슨 말이에요?"

"내 말은, 이 상황을 바로잡으려면 나보다 뛰어난
사람이 필요하다는 거예요. 내 힘으론 안 돼요. 난
바로잡을 수가 없어요. 오늘 밤 떠나야 해요. 호텔로
가세요. 방 두 개를 잡아요. 옆방으로 연결되는 문은
잠그고요. 그런 다음에……. 함께 방법을 생각해봐요. 내가
할 수 있는 일이라곤…… 그래요, 당신의 친구가
되어줄게요."

수전은 어지러운지 손으로 목을 잡으면서 일어섰다.

그러더니 "실례해요"라고 중얼거리며 나를 밀치고서 문밖으로 사라졌다. 나는 기다렸다. 손목이 다시 시큰거리기 시작했다. 나는 책으로 가득 찬 방을 슬쩍 훑어보았다. 내가 있을 자리가 아니었다. 부유하고 신경질적인 친구를 위로할 방법도 없었다. 나는 모처럼 온 좋은 기회를 망치고 있었다. 수전이 듣고 싶지 않은 대답을 한 것이다. 하지만 이번만큼은 진실한 사람이 된 기분이었다. 이 정도면 진실하다고 혼자서 자위하는 정도가 아니라, 진짜로 진실한 사람 말이다.

수전이 문 앞으로 지나가는 것이 언뜻 보였다. 계단 쪽으로 가고 있었다. 그 뒤를 덮치듯 마일즈가 바로 뒤따랐다.

"수전!" 나는 소리쳤다. 책상 앞에 계속 서 있었지만 방에서 나가려니 발이 떨어지지 않았다. 웅얼대는 소리가 들렸다. 다급한 소리, 혹은 화를 내는 소리. 그러더니 사그라졌다. 침묵. 아무 소리도 들리지 않는다. 밖에 나가보자. 하지만 너무 무서워서 감히 혼자 그 컴컴한 복도로 나갈 수가 없었다.

"수전!"

동생을 겁에 질리게 하고 새엄마를 위협한 아이. 내가
죽을 거라고 담담하게 말해주던 아이. 가족이 기르는
반려동물의 꼬리를 자른 아이. 거주자들을 공격하고
조종하는 집. 이미 네 사람의 죽음을 보고도 누군가 더
죽기를 원하는 집. 자, 침착해. 복도는 여전히 캄캄했다.
수전의 기척도 들리지 않는다. 나는 몸을 똑바로 세웠다.
그러고는 한 발짝 한 발짝 문가로 다가갔다.

갑자기 복도에 마일즈가 나타났다. 꼿꼿하고 반듯한
자세. 늘 그렇듯 교복을 입고 있었다. 그는 내가 못
나가도록 막아섰다.

"여기 다시 오지 말라고 내가 그랬죠. 그런데 또
왔군요. 오지 말라는데 자꾸 오는군요." 맞는 말이다.
마일즈는 마치 어린아이를 꾸짖듯이 말했다. "그러다가
죽어요, 아시겠어요?"

"엄마 어디 계시니, 마일즈?" 나는 뒤로 물러섰다.
아이가 내게 한 발 더 다가왔다. 작은 꼬마였지만

무서웠다. "엄마를 어떻게 한 거야?"

"아직도 이해를 못 하는군요, 아줌마는?" 마일즈가 말을 이었다. "오늘 밤이에요. 우린 둘 다 죽을 거예요."

"미안하다, 마일즈. 널 화나게 하려던 게 아니었어."

아이는 웃음을 터뜨렸다. 웃느라 두 눈이 가늘어지면서 위로 올라갔다. 깔깔 웃어댔다.

"아줌마는 내 말을 계속 잘못 알아들어요. 엄마가 아줌마를 죽인다고요. 수전이 아줌마랑 나를 죽일 거라고요. 이 방을 둘러봐요. 우연히 여기 왔다고 생각해요? 자세히 들여다봐요. 여기 있는 책들을 찬찬히 들여다보라고요."

나는 사방의 책들을 자세히 살펴보았다. 이 방에서 기운 정화를 할 때마다 한 권 한 권 훑어보곤 했다. 하나같이 탐이 났다. 한두 권 몰래 훔쳐서 나의 작은 북 클럽에 들고 가버릴까 생각도 했었다.

마이크. 내가 지난 1~2년 동안 마이크와 함께 읽었던 모든 책이 이 방에 있었다. 《흰 옷을 입은 여인》, 《나사의 회전》, 《힐 하우스의 유령》. 아는 책을 발견할 때마다

기뻤다. 이런 멋진 사람들의 장서를 이렇게나 많이 읽었다니, 나는 얼마나 똑똑한 사람인가 생각하면서. 그러나 나는 대단한 책벌레가 아니었다. 수준에 딱 맞는 도서관에 온 멍청한 매춘부였을 뿐. 마일즈는 책상 서랍에서 사진을 한 장 꺼냈다. 결혼사진이었다. 신랑 신부 뒤로 저무는 여름 저녁 햇살이 역광을 만들면서 두 사람을 감쌌다. 내가 아는 수전이 지금과는 다른 매혹적이고 발랄한 모습으로 서 있었다. 아름다웠다. 신랑은? 사진에는 얼굴이 희미했지만 그 남자가 분명했다. 나는 2년 동안 수전의 남편에게 손일을 해주고 있었다.

마일즈가 곁눈질로 나를 지켜보았다. 마치 코미디언이 농담을 던진 후 객석의 반응을 살피는 듯했다.

"수전이 아줌마를 죽이고 나면 그다음은 틀림없이 내 차례예요."

"무슨 소리야?"

"지금 수전은 아래층에서 911에 전화를 걸고 있어요. 나보고 아줌마를 막고 있으라고 했어요. 좀 이따 올라오면 아줌마에게 총을 쏠 거예요. 경찰에겐 두 가지

알리바이 중 하나를 대겠죠. 아줌마는 심리적으로 위기에
처한 사람들에게 영적으로 교감할 수 있는 초능력이
있다고 주장하면서 돈을 뜯어낸 사기꾼이라고요.
아줌마는 수전에게 정신적으로 불안정한 아들을 도와줄
수 있다고 했어요. 수전은 굳게 믿었죠. 그런데 아줌마는
돕기는커녕 이 집에 와서 돈만 갈취했어요. 그리고
수전이 아줌마에게 정면으로 맞서자 아줌마는 폭력을
썼어요. 그래서 수전은 정당방위로 아줌마를 쐈고요."

"그 이야긴 별로네. 두 번째 건 뭐지?"

"아줌마가 진짜 무당이었다는 거죠. 이 집이 나를
저주하고 있다고 실제로 믿었고요. 하지만 난 귀신에
들리지 않았다는 게 드러나요. 난 그냥 흔해빠진 십대
소시오패스였어요. 그런데 아줌마가 나를 너무 심하게
몰아붙여서 내가 아줌마를 죽였어요. 수전은 총을 가지고
나랑 실랑이를 벌이다가 정당방위로 나를 쐈고요."

"수전이 왜 널 죽이려고 하겠어?"

"수전은 날 안 좋아해요. 한 번도 좋아한 적 없어요. 난
그 사람 아들이 아니에요. 그 사람은 나를 계속 우리

엄마한테 보내려고 했어요. 그런데 우리 엄마는 조금도 관심 없었죠. 그래서 나를 기숙 학교로 유학 보내려고 했는데 이번에는 아빠가 안 된다고 했어요. 수전은 내가 딱 죽었으면 싶을 거예요. 그런 사람이죠. 그게 그 사람이 하는 일이에요. 수전은 문제를 파악하고 그걸 제거해요. 나쁜 쪽으로 아주 노련한 사람이죠."

"하지만 겉보기엔 정말—"

"조용해 보이죠? 아니, 전혀 아녜요. 아줌마가 그렇게 생각해주길 바란 거죠. 수전은 아름답고 성공한 회사 임원이에요. 지배 계층이죠. 하지만 아줌마는 아줌마보다 약한 상대를 등쳐먹고 있다는 느낌을 좋아하잖아요. 아줌마가 우위에 있다는 느낌. 내 말이 틀렸나요? 그게 아줌마가 원래 하는 일 아닌가요? 다루기 쉬운 사람들을 머리 꼭대기에서 조종하는 거?"

엄마와 나는 10년 동안 그런 게임을 했다. 사람들의 동정을 받기 위해 일부러 낡은 옷을 입고 거지 연기를 했다. 그게 이런 식으로 돌아올 줄이야.

"수전이 나를 죽이고 싶어 한다……. 네 아빠 때문에?"

"수전 버크는 완벽한 결혼을 했는데, 아줌마가 그걸 망친 거죠. 아빠가 떠났거든요."

"잘 이해가 안 되는데……. 간통을 했다고 아빠가 수전을 떠난 건 아니잖아."

"수전은 그렇게 믿기로 선택했어요. 그게 문제였다고 파악하고 제거할 계획을 짠 거죠."

"혹시…… 아빠도 아시니? 내가 여기 있는 거?"

"아직은 몰라요. 아빠는 늘 출장 중이에요. 하지만 아빠도 우리가 죽은 걸 알고 수전의 이야기를 듣게 된다면? 수전이 너무 무서웠다고 말한다면요? 그래서 아빠 책 《레베카(Rebecca)》의 갈피에서 점쟁이 명함을 발견하고 절망적인 심정으로 도움을 청하려 찾아갔다고 한다면요? 그 죄책감을 한번 상상해봐요. 아빠가 수음(手淫)을 받으러 다녔기 때문에 아들이 죽은 거잖아요. 아내는 가족을 지키려다 살인까지 저지르고 말았어요. 아빠가 수음을 받으러 다녔기 때문에. 그 공포감, 죄책감이란……. 아빠는 수전에게 무엇으로도 보상할 수 없게 되죠. 그게 핵심이에요."

"그래서 수전이 나를 찾아온 거야? 내 명함을 보고?"

"명함을 발견하고 이상하다 싶었던 거죠. 아빠는 귀신
이야기를 정말 좋아하지만 세상에서 가장 의심 많은
무신론자거든요. 점쟁이 따윈 절대 찾아가지 않는
분이에요. 만약 찾아갔다면…… 점쟁이가 아니란 뜻이죠.
수전은 몰래 아빠를 뒤쫓았어요. 아줌마와 약속까지
잡았죠. 그런데 아줌마가 아빠 책《흰 옷을 입은 여인》을
들고 들어온 거예요. 그래서 무슨 일인지 알아차렸죠."

"수전은 널 믿었네. 그런 비밀까지 털어놓고."

"처음엔 나도 우쭐했어요. 그런데 가만히 보니까 자꾸
내 주의를 산만하게 흩뜨리더라고요. 아줌마를 죽일
계획을 하나하나 말해주길래 나까지 죽일 거라곤 생각을
못 했어요."

"그냥 한밤중에 적당한 뒷골목에서 나를 쏘아버리면
되잖아?"

"그러면 아빠가 아무런 고통도 못 느끼잖아요. 또 만약
누가 보기라도 하면요? 안 될 일이죠. 수전은 아줌마를 이
집에서 죽이고 싶어 했어요. 이 집에서 죽어야 자신이

피해자처럼 보일 수 있으니까요. 그게 현실적으로 제일 쉬운 방법이었죠. 그래서 유령의 집 이야기를 지어냈어요. 아줌마를 여기로 끌어들이려고요. 카터후크 메이너, 정말 무시무시한 이야기죠."

"그래, 카터후크 집안은? 내가 온라인에서 다 읽었는데."

"카터후크 집안 이야기는 다 지어낸 얘기라니까요. 그 사람들이 실제로 살았던 건 맞아요. 하지만 아줌마가 인터넷에서 읽은 것처럼 그렇게 죽진 않았을걸요."

"하지만 기사를 읽었다고!"

"수전이 그렇게 썼으니까 그렇게 읽은 거죠. 인터넷이잖아요. 웹 페이지 만드는 게 얼마나 쉬운지 몰라요? 이야기를 지어내서 거기에 링크만 몇 개 걸어두면, 그걸 본 사람들이 그 이야기를 믿고 자기들 웹 페이지에 링크를 건다고요. 진짜 식은 죽 먹기예요. 특히 수전 같은 사람한테는요."

"그 사진은, 그럼, 비슷해 보였는데—"

"벼룩시장 가본 적 없어요? 그런 옛날 사진이 가득

담긴 구두 상자가 줄줄이 늘어서 있어요. 한 장에 1달러.
나랑 비슷하게 생긴 아이를 찾는 건 금방이에요. 특히
상대가 믿으려고 작심한 봉일 때는 더 쉽죠. 아줌마처럼
잘 속는 사람이라면요."

"피가 흐르던 벽은?"

"수전이 그냥 그렇게 말한 거죠. 분위기를 잡고. 수전은
아줌마가 귀신 이야기를 좋아한다는 걸 알고 있었어요.
아줌마가 우리 집에 와서 보고 믿기를 원했죠. 수전은
다른 사람들 엿 먹이는 걸 좋아해요. 아줌마가 자기랑
친구가 되고, 자기를 염려해주길 바랐어요. 그러다가, 쾅!
아줌마가 죽는 건 본인이라는 걸 깨닫고, 또 말도 안 되는
엉뚱한 일에 겁먹었다는 걸 깨닫고 충격을 받는 순간이
오길 기다렸죠. 아줌마의 '오감'이 아줌마를 속인 거예요."

아이는 나를 보며 능글맞게 웃었다.

"고양이 꼬리는 누가 자른 거야?"

"맹크스 고양이예요. 어휴, 원래 꼬리가 없다고요. 다른
질문은 나가서 하면 안 될까요? 여기 그냥 있다가 죽고
싶진 않아요."

"나랑 가고 싶다고?"

"자, 봐요. 아줌마랑 떠나든지 여기 남아 죽든지 둘 중 하나라고요. 당연히 아줌마랑 가고 싶죠. 이제 911과 통화도 다 끝났을 거예요. 수전은 1층에서 계단을 오르기 시작했겠죠. 비상 대피용 사다리는 내가 벌써 내 방에다 연결해뒀어요."

수전의 하이힐 소리가 거실을 가로지르더니 계단에 울렸다. 빠르게 움직이고 있다. 내 이름을 부르면서.

"아줌마, 나 좀 데리고 가줘요." 마일즈가 애원했다. "제발요. 아빠가 집에 올 때까지만이라도 제발 부탁이에요. 무서워 죽겠다고요."

"잭은 어쩌고?"

"수전은 잭을 좋아해요. 우리 둘만 꺼져주면 돼요."

이제 하이힐 소리는 바로 아래층까지 올라왔다.

우리는 비상 사다리를 타고 내려갔다. 드라마를 찍는 것 같았다.

어디로 가는지도 모르고 한참 차를 몰다가 정신을
차려보니, 마일즈도 내 차에 같이 타고 있었다. 지나가던
차량의 전조등 불빛에 마일즈의 얼굴이 허연 달처럼
창백하게 빛났다. 빗방울이 아이의 이마에서 두 뺨으로,
턱 밑으로 흘러내렸다.

"아빠한테 전화해봐." 내가 말했다.

"아빠는 아프리카에 있어요."

내 작은 차량 지붕 위로 후두둑, 빗소리가 들렸다. 수전
버크(오, 엄청난 사기꾼!)는 내가 그 집을 두려워하도록
공포를 불어넣었고, 나는 거의 제정신이 아니었다.

이제 정신을 차리고 다시 생각해보자. 성공한 여성이
부유한 남성과 결혼한다. 두 사람에겐 온순하고
사랑스러운 아기가 있다. 이들의 삶은 하나만 빼면 모든
게 순탄하다. 별난 의붓아들. 나는 마일즈가 자신을 항상
차갑게 대했다는 수전의 말을 믿는다. 그러나 그녀 역시
마일즈에게 항상 차가웠을 것이다. 수전은 처음부터
마일즈를 쫓아버리려고 애썼을 게 틀림없다. 수전
버크처럼 계산적인 사람들은 괴팍하고 골치 아픈 남의

자식을 키우고 싶어 하지 않는다. 수전과 마이크는 그럭저럭 잘 맞았지만 수전이 마이크의 첫아이를 냉혹하게 대하면서 둘의 관계는 흔들린다. 마이크는 수전을 멀리하기 시작한다. 수전이 다가와 포옹하면 몸서리를 친다. 그는 나를 만나러 온다. 계속 만나러 온다. 책이라는 공통의 관심사가 있다보니, 마이크는 우리 관계가 남다른 것인 양 스스로를 속이게 된다. 마이크는 수전과 계속 멀어지다가 결국 집을 나간다. 해외를 돌아다녀야 하기 때문에 마일즈는 두고 떠난다. 돌아오는 대로 상황을 정리할 것이다. (이건 순전히 내 짐작일 뿐이다. 하지만 내가 아는 마이크, 오르가슴을 느낄 때면 킥킥대며 들어오는 마이크는, 자기 아이를 꼭 되찾을 사람 같았다.)

남편의 비밀을 알게 된 수전은 자신의 결혼이 파국에 이른 건 나 때문이라고 생각한다. 나 같은 밑바닥 여자가 자기 남편을 주물럭댔다니, 수전이 느꼈을 분노를 한번 상상해보라. 게다가 섬뜩하고 보기 싫은 꼬마와 마음에 안 드는 집에 발목을 잡힌 상태. 어떻게 해야 이 문제를 제거할 수 있을까? 수전은 음모를 꾸미기 시작한다.

수전은 나를 꼬드겨 집으로 끌어들인다. 마일즈는 자신만의 암시로 내게 경고한다. 나를 놀려주면서, 이 게임을 적당히 즐기면서. 수전은 이웃들에게 모호한 이야기를 한다. 내가 마일즈를 도와주러 왔다고. 이제 내가 전직 창녀에 현직 점쟁이라는 진실이 드러나면, 수전은 비참하고 불쌍하고 가련한 여자가 될 것이고 나는 파멸을 가져온 여자가 될 것이다. 살인을 저지르기에 완벽한 공식 아닌가.

마일즈는 달처럼 둥그렇고 허연 얼굴로 나를 올려다보며 미소 지었다.

"아줌마는 이제 유괴범이네요."

"이제 우린 경찰서로 가야 할 것 같은데."

"우린 테네시주 샤타누가로 가야 해요." 마일즈는 살짝 조바심을 드러내며 말했다. 내가 무슨 오랜 계획이라도 깨려는 것처럼. "블러드윌로우(Bloodwillow)가 올해 거기서 열리거든요. 항상 외국에서 열렸는데, 미국에서는 1978년 이후 처음이에요."

"무슨 말인지 통 모르겠구나."

"세계에서 가장 큰 유령 대회예요. 수전이 나는 못 간다고 그랬어요. 그래서 아줌마를 따라나선 거죠. 아줌마도 좋아할 것 같았거든요. 귀신 이야기 좋아하시잖아요? 저기 세 번째 신호에서 좌회전하면 고속도로를 탈 수 있어요."

"난 너 샤타누가에 안 데려다줄 거야."

"데려가는 게 좋을걸요. 이젠 내가 결정해요."

"꼬마야, 넌 망상증 환자야."

"그러는 아줌마는 도둑에 유괴범이죠."

"둘 다 아니거든."

"수전이 911에 전화한 건 아줌마를 죽이려고 그런 게 아니었어요." 아이는 큰 소리로 웃었다. "내가 아줌마가 도둑질하는 걸 봤다고 말하니까 911에 신고한 거죠. 수전의 보석이 없어졌거든요, 보시다시피." 아이는 재킷 호주머니를 톡톡 두드렸다. 안에서 쟁그랑대는 소리가 들렸다.

"지금쯤 수전은 위층에 올라와서 말썽 많던 의붓아들이 점쟁이 도둑년 창녀한테 유괴된 걸 알았을 거예요.

그러니 우리는 앞으로 2~3일 동안 납작 엎드려야 해요.
다행히 블러드윌로우는 목요일은 되어야 개막하죠."

"수전이 나랑 네 아빠 관계를 알아차려서 나를 죽이고
싶어 했다고 그랬잖아."

"수음이라고 말해도 돼요." 아이가 말했다. "그런 말
들어도 안 거슬려요."

"수전이 알아챘다면서."

"수전은 아무것도 몰라요. 새엄마는 진짜
헛똑똑이예요. 알아낸 사람은 나였어요. 난 항상 아빠
책을 가져 와서 읽거든요. 내가 책에서 아줌마 명함을
발견했고, 책장 여백에 아줌마가 끼적인 메모를 봤어요.
그래서 아줌마 일터에 가봤죠. 무슨 일인지 알겠더라고요.
수전이 한 말 중 일부는 사실이에요. 내가 별나다고
생각하잖아요. 그건 맞아요. 내가 수전에게 이사 가기
싫다고, 정말 가기 싫다고 분명히 말했거든요. 그런데도
그 집으로 이사를 해버리잖아요. 그래서 이사한 다음부터
새집에서 이상한 일이 벌어지도록 꾸미기 시작했어요.
그냥 수전을 괴롭혀주려고요. 그 웹 사이트를 만든 것도

나예요. 내가 그랬어요. 카터후크 가문 이야기도 다
지어냈죠. 내가 수전을 아줌마에게 보냈어요. 수전이 무슨
일인지 눈치채면 떠날 줄 알았는데 안 떠나잖아요.
아줌마의 허튼짓에 넘어가기나 하고요."

"그럼 수전이 진실을 얘기했던 거네. 집 안에서
벌어지는 모든 무서운 일들 말이야. 진짜 동생을
죽이겠다고 협박했어?"

"내가 실제로 그랬다기보다는 수전이 나를 그렇게
봤다는 편이 맞겠네요."

"보모를 정말 계단 아래로 밀었어?"

"그럴 리가요. 보모가 떨어진 거예요. 난 폭력을 쓰지
않아요. 그냥 똑똑한 거지."

"그럼 그날 일은? 내 핸드백이 구토로 범벅이 되어
있고, 너는 위층에서 발작을 일으키고, 조명에 인형이
걸려 있던 그날은?"

"토는 내가 했어요. 아줌마가 계속 내 말을 안
들었잖아요. 오지 말라는데 자꾸 오고. 인형도 내가
그랬어요. 마루청에 면도날을 끼워둔 것도 나예요.

아줌마가 손가락을 베었죠. 고대 로마 전쟁 이야기에서
영감을 얻은 거예요. 읽어보셨어요, 그 책……?"

"아니. 그럼 비명도 네가 지른 거야? 노발대발하면서."

"네, 내가 그랬어요. 수전이 내 신용 카드를 잘라서
책상 위에 던져두잖아요. 나를 자꾸 궁지에 몰아넣고
있었어요. 그런데 그때, 아줌마를 따라가면 이 한심한
집에서 빠져나갈 수 있겠다는 생각이 들었어요. 나에게는
일을 처리해줄 수 있는 어른이 필요해요. 진짜로요. 차를
몰고, 호텔 방을 잡는 그런 일 말예요. 나이에 비해 내가
너무 작잖아요. 열다섯 살인데 다들 열두 살로밖에 안
봐요. 제대로 돌아다니려면 아줌마 같은 어른이 필요해요.
아줌마가 나를 데리고 그 집을 나가주기만 하면 됐는데,
정말로 그렇게 하셨죠. 아줌마는 자기 발로 경찰서에
찾아가진 않을 거잖아요. 모르긴 몰라도 아줌마 같은
사람들은 보통 전과도 있지 않나요?"

마일즈 말이 맞았다. 나 같은 사람들은 절대로
경찰서에 가지 않는다. 가봐야 좋을 일이 하나도
없으니까.

"여기서 좌회전해서 고속도로를 타요."

나는 좌회전을 했다.

그러고서 아이의 이야기 속으로 들어가 책장을 넘기며 곱씹었다. 잠깐, 잠깐만.

"잠깐만, 수전은 네가 고양이 꼬리를 잘랐다고 했는데. 넌 그게 맹크스 고양이라고 했고……."

순간 아이가 미소를 지었다.

"하하! 좋은 지적이에요. 그럼 누군가는 아줌마에게 거짓말을 한 거네요. 어느 쪽을 믿을 건지는 아줌마가 결정해야 한다고 봐요. 수전이 또라이라고 믿고 싶으세요, 내가 또라이라고 믿고 싶으세요? 어느 쪽을 믿는 편이 좀 더 마음 편한가요? 처음에 나는 아줌마가 수전을 계속 미친 사람이라고 생각하는 편이 더 낫다고 봤어요. 곤경에 처한 내 처지를 아줌마가 공감해줘서 우리가 친구가 되는 편이 더 좋다고 본 거죠. 정처 없는 길동무, 좋잖아요? 그러다 또 달리 생각해봤죠. 어쩌면 아줌마가 나를 사악한 녀석이라고 생각하는 편이 더 나을지도

몰라. 그럼 내가 왜 이 일에 매달리는지 좀 더
이해해줄지도 몰라……. 어떻게 생각하세요?"

내가 어느 쪽을 선택할까 곰곰이 생각하는 동안 차는
조용히 나아갔다.

마일즈가 침묵을 깼다. "내가 볼 때 이건 정말 누이
좋고 매부 좋고 구경꾼도 좋은 '윈윈윈'이에요. 수전이
또라이인데 우리가 꺼지길 바란다면, 지금 우리가
꺼져주고 있잖아요?"

"아빠가 집에 오시면 수전이 뭐라고 할까?"

"그건 아줌마가 어떤 이야기를 믿고 싶어 하느냐에
달려 있죠."

"아빠가 정말 아프리카에 계시긴 한 거야?"

"우리 아빠가 아줌마의 결정에 고려할 만한 요인은
아니잖아요?"

"좋아. 그럼 네가 또라이면 어떻게 되는 거지, 마일즈?
새엄마는 경찰에게 우리를 찾아달라고 할 텐데."

"저 주차장에 차를 세워요, 저 교회 주차장."

나는 아이가 혹시 무기를 들고 있는 건 아닌지

위아래로 훑어보았다. 인적 없는 교회 주차장에 버려진 몸뚱아리가 되고 싶진 않으니까.

"그냥 내가 하라는 대로 해요, 네?" 마일즈가 매섭게 말했다.

나는 고속도로 입구 가장자리에 있는 문 닫힌 교회 주차장으로 차를 몰았다. 마일즈는 빗속으로 훌쩍 뛰어내리더니 교회 계단을 달음질쳐 올라가 처마 밑에 섰다. 아이는 재킷에서 핸드폰을 꺼내 등을 돌리고는 어딘가에 전화를 했다. 잠시 누군가와 통화를 하다가 갑자기 핸드폰을 바닥에 집어 던졌다. 부서진 핸드폰을 쿵쿵 짓밟고는 다시 차로 달려왔다. 아이에게서 불안하게 흔들리는 봄 냄새가 났다.

"이제 됐어요. 우리 불쌍한 신경증 환자 새엄마한테 전화를 걸었죠. 아줌마 때문에 완전 겁에 질려서 꼼짝도 못 했다고 말했어요. 그 집이나 새엄마의 괴상한 행동이나 전부 지긋지긋해요. 맨날 질 나쁜 사람들이나 데려오고. 그래서 달아난 거예요. 난 아빠 집에서 지닐 거예요. 아빠가 아프리카에서 막 돌아왔으니 이제 아빠랑 살 거예요. 새엄마는 절대로 아빠한테 먼저 전화하지 않거든요."

아이가 핸드폰을 박살냈으니 정말 수전에게 전화를 했는지 아니면 또 연기를 하고 있는 건지, 나로서는 확인할 길이 없었다.

"아빠한테는 뭐라고 할 건데?"

"아줌마한테 부모님이 있는데 두 사람이 서로를 싫어한다고 쳐봐요. 둘 다 맨날 일만 하거나 출장만 다니면서 아줌마가 자기들 삶에서 사라져주길 바란다고 쳐보라고요. 그럼 할 말이 참 많지 않겠어요? 마음대로 지어낼 이야깃거리가 얼마든지 있는 거죠. 그러니 아줌마는 걱정할 필요가 없어요. 고속도로를 타고 세 시간쯤 가다 보면 모텔이 나올 거예요. 케이블 TV도 나오고 식당도 있는 모텔요."

고속도로를 달렸다. 열다섯 살짜리 아이는 서른 살인 나보다 훨씬 영리했다. 나는 이 모든 일이 제대로 돌아가고 있다고 생각하기 시작했다. 타인을 배려하고 호의를 베푸는 건 다 쓸데없는 짓이다. 아이는 어쩌면 좋은 파트너가 될지도 모른다. 이 조그만 십 대 아이에게는 세상으로 데려다줄 어른이 필요하다. 여자 전과자가 이용해먹기에, 똘똘한 꼬마 사기꾼보다 더 좋은 게 어딨을까. "무슨 일을 하세요?" 사람들이 물어보면 이렇게 대답해야지. "아이 엄마예요." 내가 얼마나 많은 장애물을 피해 갈 수 있을지 생각해보라. 사람들이 나를 다정하고 좋은 '엄마'로 생각해준다면, 신용 사기까지 당겨볼 수 있다.

게다가 블러드윌로우 유령 대회라니, 정말 멋지지 않은가.

세 시간 후 우리는 모텔에 도착했다. 모텔은 마일즈가 예상한 그대로였다. 우리는 방 두 개를 받았다. 나란히 연결된 방이었다.

"푹 자둬요." 마일즈가 말했다. "밤엔 나오지 말아요. 안 그러면 경찰을 불러서 어린이 유괴 이야기로 돌아가버릴 거니깐. 아줌마를 협박하는 건 이게 마지막이에요.
약속할게요. 나도 나쁜 놈이 되고 싶진 않아요. 하지만
샤타누가엔 꼭 가야 한다고요! 가면 정말 재미있을
거예요. 맹세해요. 와, 내가 지금 샤타누가로 가고 있다니
믿을 수가 없어요. 일곱 살 때부터 항상 가고
싶었다고요!" 아이는 흥에 겨워 우스꽝스러운 춤을
추더니 자기 방으로 들어갔다.

　사람들 마음을 끄는 아이였다. 물론 소시오패스 같은
느낌이 없지 않지만, 정말 호감이 가는 타입이었다. 나는
아이가 마음에 들었다. 이 똘똘한 아이와 함께, 세상
사람들이 책에서나 말하던 그곳으로 가고 있었다.
태어나서 한 번도 벗어나지 못했던 이 지역을 마침내
떠나는 것이다. 게다가 난생처음 '엄마'라는 신분까지
얻었다. 나는 염려하지 않기로 마음먹었다. 카터후크
메이너 저택에서 실제로 무슨 일이 있었는지는 결코 알
수 없을지도 모른다(정말 어마어마한 이야기 아닌가?). 그러나
내가 실제로 사기를 당했든 아니든, 나는 사기를 당하지

않았다고 믿기로 선택했다. 살면서 수많은 사람을 속여서 수많은 일을 믿도록 했던 나다. 그런 나에게도 이번 일은 그야말로 생애 최고의 업적이 될 참이었다. 지금 내가 하고 있는 행동이 합리적이라고 나 스스로 믿도록 만드는 것! 옳진 않더라도 나름 합리적인 일 아닌가.

나는 침대에 누워 옆방과 연결된 문을 쳐다보았다.
잘 잠겼는지 확인했다.
불을 껐다.
천장을 찬찬히 살펴보았다.
다시 옆방과 연결된 문이 눈에 들어왔다.
문 앞으로 옷장을 끌어다놓았다.
걱정할 일은 아무것도 없다.

길리언 플린, 단편소설의 진화

올해, 영화 〈나를 찾아줘〉의 각본으로 골든 글로브상 후보에 오른 사람이 있다. 2014년 한 해 동안 같은 작품으로 미국 내 스물일곱 군데 영화제에서 최우수 각본상 후보자로 올랐고 그중 열여섯 곳에서 수상했다. 성공한 시나리오 작가.

그는 영화의 동명 원작을 쓴 소설가이기도 하다. 소설 《나를 찾아줘》는 자그마치 185주 동안 〈뉴욕타임스〉 베스트셀러 순위에 이름을 올렸다. 하드커버 베스트셀러 순위에

서만 8주간 1위를 했고 총 41개 언어로 번역되었다. 데뷔작 《몸을 긋는 소녀》와 역시 영화로 만들어졌던 전작 《다크 플레이스》도 여러 순위에 이름을 올린 바 있다. 성공한 소설가.

알고 보니 그는 1998년부터 10년 동안 〈엔터테인먼트 위클리〉에서 TV평과 영화평을 담당하던 기자였다. 2015년에는 데이비드 깁슨이 그린 만화 〈마스크(Masks)〉의 스토리를 쓰면서 만화 구성 작가로 데뷔한다.

소설가. 시나리오 작가. 만화 구성 작가. 저널리스트.

동시대 작가 중에서 이토록 다재다능하고 모든 영역에서 인정받는 인물이 또 있을까? 길리언 플린의 이야기다. 그가 이번엔 단편소설을 들고 왔다.

작품은 '미국의 톨킨'으로 불리는 조지 R. R. 마틴의 의뢰로 시작되었다. 2014년 마틴은 미스터리, 공포물, 순문학 등 장르를 막론하고 뛰어난 작가들에게 단편을 의뢰해 《사기꾼(Rogues)》라는 크로스 장르 선집을 냈다. 여기에 길리언 플린은 〈무슨 일 하세요?(What do you do?)〉를 기고했는데, 처음 발표한 이 단편으로 그는 2015년 에드거상을 거머쥔다. 이 책은 작가가 에드거상 수상작을 꼼꼼하게 수정해서 다시 출간한 것이다. 수정된 원제는《그로운업(The grown-up)》이지만, 우리말 작품을 내면서《나는 언제나 옳다》라고 제목을 바꾸었다. 이야기를 읽어보면 원제도, 우리말 제목도 모두 와 닿을 것이라 생각한다.

《나는 언제나 옳다》는 200자 원고지 200매가 조금 못 되는 단편(우리나라 기준으로 하면 중편)이다. 그런데 번역하면서 눈치챈 것만 해도, 벌써 네 가지 플롯이 팽팽하게 배치되어 있다.

플롯 1) 우선 가장 쉽게 눈에 띄는 건 영문학의 빛나는 고딕소설◆ 전통, 혹은 클리셰다. 낡고 오래된 빅토리아풍 저택에 알 수 없는 가족의 과거사가 얽혀 있다. 고양이는 꼬리가 잘린 채 돌아다니고 벽에는 핏자국이 흐르며 머리 위에선 이상한 소리가 들리고 얼굴이 허연 아이가 킬킬댄다. 컴

◆ 18세기 말에서 19세기 초까지 유행했던 공포 소설 장르 중세의 건축물과 폐허를 배경으로 공포와 폭력을 그렸다. 현실적 개연성이 없는 줄거리로 전통적인 고딕소설은 19세기 중엽 이후 사실상 사라졌지만, 일부 기법과 장치는 브론테 자매, 에드거 앨런 포, 찰스 디킨스 등의 작품에 등장하면서 현대까지 이어지고 있다.

컴한 복도에선 발자국 소리가 울리고 촛대모양 조명에는 목에 밴드가 묶인 조그만 인형이 대롱대롱 매달려 있다.

플롯 2) 이 모든 기이한 현상들을 그럴듯하게 연결해주는 것은 가족 간의 미묘한 심리전이다. 인물 간 갈등은 심리소설을 가장하며 고딕소설의 클리셰를 끌어안는다. 길리언 플린의 다른 소설에도 자주 등장하듯, 원수가 되고 살인을 벌이는 건 언제나 한 지붕 아래 함께 사는 사람들이다. 남편과 아내, 새엄마와 의붓아들, 시어머니와 아들의 여자, 부모와 자식. 가족은 종이의 양면처럼 가장 가까우면서도 가장 멀리 있는 사람들이다. 우리를 괴롭히는 건 멀리 있는 타인이나 공개적인 적이 아니다.

소설에서 1)과 2)의 플롯은 바쁜 아빠와 새엄마와 의붓아들과 친아들, 고택에 사는 네 명의 등장인물이 주요 역할을 하며 끌고 간다. 그러나 길리언 플린은 여기에 현대의 밑바닥 인생을 사는 화자를 등장시켜서 1)과 2)를 한 번 더 바깥에서 품게 한다. 양파 껍질, 혹은 마트료시카 인형 같은 겹겹의 장르 포개기다.

플롯 3) 화자는 도시 빈민, 미혼모의 딸이다. 주정뱅이 엄마와 길거리에서 구걸하면서 자라 남자들의 수음을 돕는 매춘부 일을 하다가 이젠 가짜 심령술사 노릇을 해보려고 한다. 화자가 잡담처럼 떠드는 이야기 속에는 오늘날 미국의 사회 계급, 도시 문화, 심지어 중산층을 중심으로 점이나 심령술이 유행하는 풍조까지 슬쩍슬쩍 녹아 있다. 소설 후반에 나오는 유령 대회는 또 어떤가. 해리 포터 이후 공공연해진 마법, 초능력, 심령술에 대한 문학적 유머가 곳곳에 숨어 있다. 화자는 길에서 구걸할 때조차 머리를 써서 좀 더 많이 벌기 위해 노력했고, 매춘부이지만 책을 좋아한다면서 이 모든 것이 타인에게 위로를 주는 일종의 엔터테인먼트 사업이란 점에서는 마찬가지라고 말한다. 사실주의 문학의 위악적 주인공을 흉내 내는 화자의 시선은 평범한 스릴러가 될 뻔했던 1)과 2)의 이야기에 새로운 활력을 불어넣는다.

플롯 4) 사실 이 정도에서 끝났어도 이 소설은 문학성까지 보여준 훌륭한 스릴러였을 것이다. 그러나 길리언 플린은 여기서 한 번 더 모험을 시도한다. 1)과 2)의 주인공들은 이야기의 주도권을 놓고 다투면서 3)의 화자에게 어느 쪽인지 선택하라고 요구한다. "수전을 믿어요, 나를 믿어요?" 아이의 질문에 무엇이 진실이냐고 화자가 되묻자, 아이는 다시 말한다. "누구 말을 믿을 지는 아줌마 마음에 달린 거죠." 그러자 화자는 '그래, 너를 믿기로 했다'는 식으로 이야기를 마무리해버린다. 독자가 당황하게 되는 순간이다. 지금까지 독자는 화자만 믿고 끝까지 따라왔는데, 도대체 이야기의 어디까지가 진실이란 말인가? 결국 독자도 화자의 말 전체를 재구성해야 한다. 등장인물들만 이야기의 주도권을 쥐기 위해 힘겨루기를 하는 것이 아니다. 독자까지도 지금껏 이야기를 들려주던 화자, 그리고 전체 이야기를 구성했을 작가와 팽팽하게 겨루면서 읽어야 하는 것이다.

감히 말하건대, 이것은 나보코프 이후 많은 현대 소설에서 시도했던 작가-화자-인물-독자 간의 '이야기 게임'이라 할 수 있다. 이러한 플롯 4)는 1)과 2)와 3)의 플롯을 모두 품으면서 《나는 언제나 옳다》의 가장 바깥쪽 형식을 완

성한다. 이런 이야기 게임은 독자로 하여금 등장인물 각자의 처지에서 다시 생각해보게 하는 힘이 있다. 자유롭게 펼쳐지는 여성의 심리 묘사나 유머는 덤이다.

길리언 플린은 본인이 잘 알고 있는 대중 장르의 기호를 정련된 문학 언어로 쏟아냈다. 이를 스릴러냐, 순문학이냐로 구분할 수 있을까? 잘 쓴 스릴러, 혹은 재미있는 순문학. 어쩌면 그냥 현대문학이라고 하는 편이 낫겠다. 장르가 뒤섞인 그 지점에서 진짜 현대 문학이 다시 출발하는 것일 테니.

단편소설은 소멸하는 장르라는 푸념이 있다. 다른 사람도 아니고 인기 작가 스티븐 킹이 2001년에 단편집을 내면서 한 말이다. 단편집 서문에서 그는 단편소설을 무언시나 라디오극에 비유하며, 사라지는 장르가 되지 않을까, 하고 우려한다. 그런데 15년이 지난 후, 대중매체에서 화려한 성공을 거둔 길리언 플린은 단편소설 한 작품을 책한 권으로 출간하는 시도를 한다. 단편소설은 쉽게 사라지지 않는다는 믿음의 표현일까? 길리언 플린의 모든 작품을 출간했던 푸른숲에서는 작가의 의도를 존중하여 원서의 형식 그대로, 거의 동시에 출간하게 되었다. 많은 독자들에게 길리언 플린의《나는 언제나 옳다》가 장르의 건재함을 알려주는 선물이 되기를 바란다.

스티븐 킹은 "추운 밤 따뜻한 차 한 잔을 들고 좋아하는 의자에 앉아, 창밖에서 부는 바람 소리를 들으며, 그 자리에서 한 번에 다 읽을 수 있는 멋진 이야기를 접하는 것보다 더 즐거운 일은 없다"◆고 했다. 추운 밤만 그렇겠는가. 무더운 여름날 에어컨이 나오는 게스트하우스에서, 볕 좋은 봄가을 버스 터미널의 카페나 공원에서, 한 손에 쥐고 한자리에 앉아 단번에 집중해서 읽어내는 단편의 미학은 1백 년 전이나 지금이나 여전히 매력적인 지적 활동이다.

◆ 《모든 일은 결국 벌어진다》(상), 스티븐 킹, 조영학 옮김, 황금가지, 2009. 17쪽.

옮긴이 **김희숙**

연세대학교 노어노문학과를 졸업하고, 같은 대학원에서 석사를 마친 뒤 박사 과정에서 공부했다. 현재 번역가로 활동 중이며, 슬라브어권 문학을 소개하는 데 관심을 두고 있다. 옮긴 책으로 《로봇 R.U.R.》, 《사라진 권력 살아날 권력》, 《온전한 나로 살지 않은 상처》, 《똘레랑스》 등이 있다.

나는 언제나 옳다

첫판 1쇄 펴낸날 2015년 11월 30일
    6쇄 펴낸날 2021년 9월 15일

지은이 길리언 플린   옮긴이 김희숙
발행인 김혜경
편집인 김수진
편집기획 김교석 조한나 이지은 유승연 임지원 곽세라
디자인 한승연 성윤정
경영지원국 안정숙
마케팅 문창운
회계 임옥희 양여진 김주연

펴낸곳 (주)도서출판 푸른숲
출판등록 2003년 12월 17일 제2003-000032호
주소 경기도 파주시 심학산로 10 3층, 우편번호 10881
전화 031)955-9005(마케팅부), 031)955-9010(편집부)
팩스 031)955-9015(마케팅부), 031)955-9017(편집부)
홈페이지 www.prunsoop.co.kr
페이스북 www.facebook.com/prunsoop   인스타그램 @prunsoop

ⓒ푸른숲, 2015
ISBN 979-11-5675-630-9 (03840)